「この命は魔王様に捧げた。魔族のため、そ
と判断したからだ。
儂が命じら
攻略。
者の討伐。
るまで
を止めること
アーグナーも
たるところか
それでもその
ながらも、戦
ことを物語っ

蜘蛛《くも》ですが、なにか？ 12

Kumo desuga, nanika? 12

著：馬場翁 okina baba
イラスト：輝竜司 tsukasa kiryu

カドカワBOOKS

口絵・本文イラスト
輝竜司

装丁
伸童舎

contents

後世の歴史家はかく語りき　前編 —— 011
白1 —— 013
サーナトリア —— 019
ヒュウイ —— 032
ロナント —— 046
クニヒコ —— 059
アサカ —— 079
オーレル —— 100
メラゾフィス —— 112
フェルミナ —— 124
ワルド —— 144
ソフィア —— 156
ラース —— 163
ホーキン —— 170
アーグナー —— 188
ジスカン —— 206
ブロウ —— 236
バルト —— 265
ヤーナ —— 276
ユリウス —— 308
白2 —— 337
後世の歴史家はかく語りき　後編 —— 344
あとがき —— 345

アリエル

魔王

古の神獣にして魔王にして暴食の支配者。その正体は蜘蛛型の魔物であるタラテクト種の原点たるオリジンタラテクト。

白

第十軍軍団長

真名、白織《しらおり》。日本の高校生だった記憶をもつ転生者。前世の記憶は若葉《わかば》姫色《ひいろ》。大陸を破壊すると言われた爆弾エネルギーを吸収したことにより、神化を成し遂げた。魔族軍第十軍軍団長として密偵任務中。

ソフィア・ケレン

サリエーラ国のケレン領主の一人娘。日本の高校生だった記憶をもつ転生者。前世の名前は根岸彰子《ねぎししょうこ》。今世では、この世界ではすでに存在しないはずの吸血鬼の真祖として生まれた。

アーグナー・ライセップ

第一軍軍団長

先々代の魔王の代から人族領と接する魔族領の辺境ライセップ領を治める領主。文武双方において魔族の中でも頭一つ抜けた存在であり、魔王に指名されてもおかしくないほどの実力者。

メラゾフィス

第四軍軍団長

ケレン家に執事として仕える人族だったが、窮地に際し、ソフィアによって吸血鬼に変えられる。仕えていたケレン領主が亡きいま、ソフィアを守り抜くため命がけの努力を重ねている。

魔族軍

Character
INTRODUCTION

❖魔族軍

ブロウ・フィサロ
第七軍軍団長

以前は第四軍副軍団長だったが、魔王による粛正と編成の結果、反乱因子が集まる第七軍の軍団長に任命された。白に一目ぼれをし、初めての恋心を持て余し気味。

ラース
第八軍軍団長

日本の高校生だった記憶をもつ転生者。前世の名前は笹島京也《ささじまきょうや》。ゴブリンに生まれ変わり幸せに暮らしていたが、帝国軍の襲撃により村も家族もすべてを失った。

ギュリエディストディエス
第九軍軍団長

世界、およびシステムを管理する管理者の一人。その権能として龍や竜を従えている。管理者というだけあり、その力は絶大。

バルト・フィサロ
幹部

以前は第四軍軍団長であったが、アリエルが魔王の座についてからは彼女の秘書として動き回ることが多いため、軍団長の座をおりた。先代の魔王の頃から魔族の政治を取り仕切る働き者。

サーナトリア〈第二軍軍団長〉
ココウ〈第三軍軍団長〉
ダラド〈第五軍軍団長〉
ヒュウイ〈第六軍軍団長〉

ユリウス・ザガン・アナレイト

アナレイト王国の第二王子。幼い頃より勇者として世界各地を巡り、人族の平和のために奔走してきた。物理戦闘、魔法戦闘ともに人族のなかでは一部の例外を除いて右に出るものはいない。

ヤーナ

裏表がなく真面目な性格という理由で聖女に選ばれた。能力は回復魔法、支援魔法に特化しており、その能力と普段の明るいキャラクター性からも、勇者パーティーに欠かせない存在となっている。

ハイリンス・クオート

アナレイト王国のクオート公爵家次男。勇者パーティーの頼れる盾役であり、ユリウスとは幼馴染。一度だけ死を逃れられるアイテム「不死鳥の羽根」を保持している。

ホーキン

かつて怪盗千本ナイフの異名で呼ばれていた義賊。勇者パーティーの外交や調整役として走り回る縁の下の力持ち。肉弾戦よりも、アイテムや仕掛けをつかったトリッキーな戦い方を好む。

ジスカン

複数の武器を使いこなす元Aランク冒険者。単純な戦闘回数だけで見るとまだ未熟とも言えるユリウスに的確なアドバイスを送る知恵袋的存在。みんなの兄貴分として慕われている。

人族 Character INTRODUCTION

❖冒険者

クニヒコ

本名、田川邦彦《たにがわくにひこ》。魔族領と人族領の境界線、通称人魔緩衝地帯の部族出身。幼い頃、メラゾフィスによって部族を壊滅されて以降、強さを求めて冒険者となった。魔剣を持ち、物理攻撃を得意とする。

アサカ

本名、櫛谷《くしたに》麻香《あさか》。クニヒコと同じ人魔緩衝地帯の部族に生まれた。前世でも仲の良い幼馴染だったが転生後はお互いをかけがえのないパートナーとして認識している。魔法攻撃を得意とする。

❖帝国軍

ロナント

人族最高の魔法使い。レングザンド帝国の魔法部隊の指導的立場にあり、勇者ユリウスの師でもあった。十数年前にエルロー大迷宮で蜘蛛の魔物と遭遇したことが、彼を人族最高位にまで成長させた。

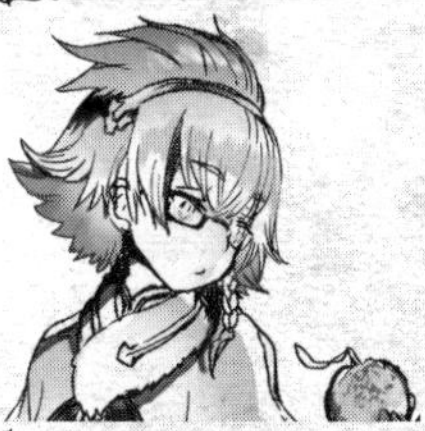

オーレル・シュタット

帝国の貧乏田舎貴族の末娘。ロナントの弟子のひとりであり、魔法センスは師も目を見張るほど。

ニュドズ

帝国で剣聖の称号を授かっている老騎士。残念なほど脳筋。

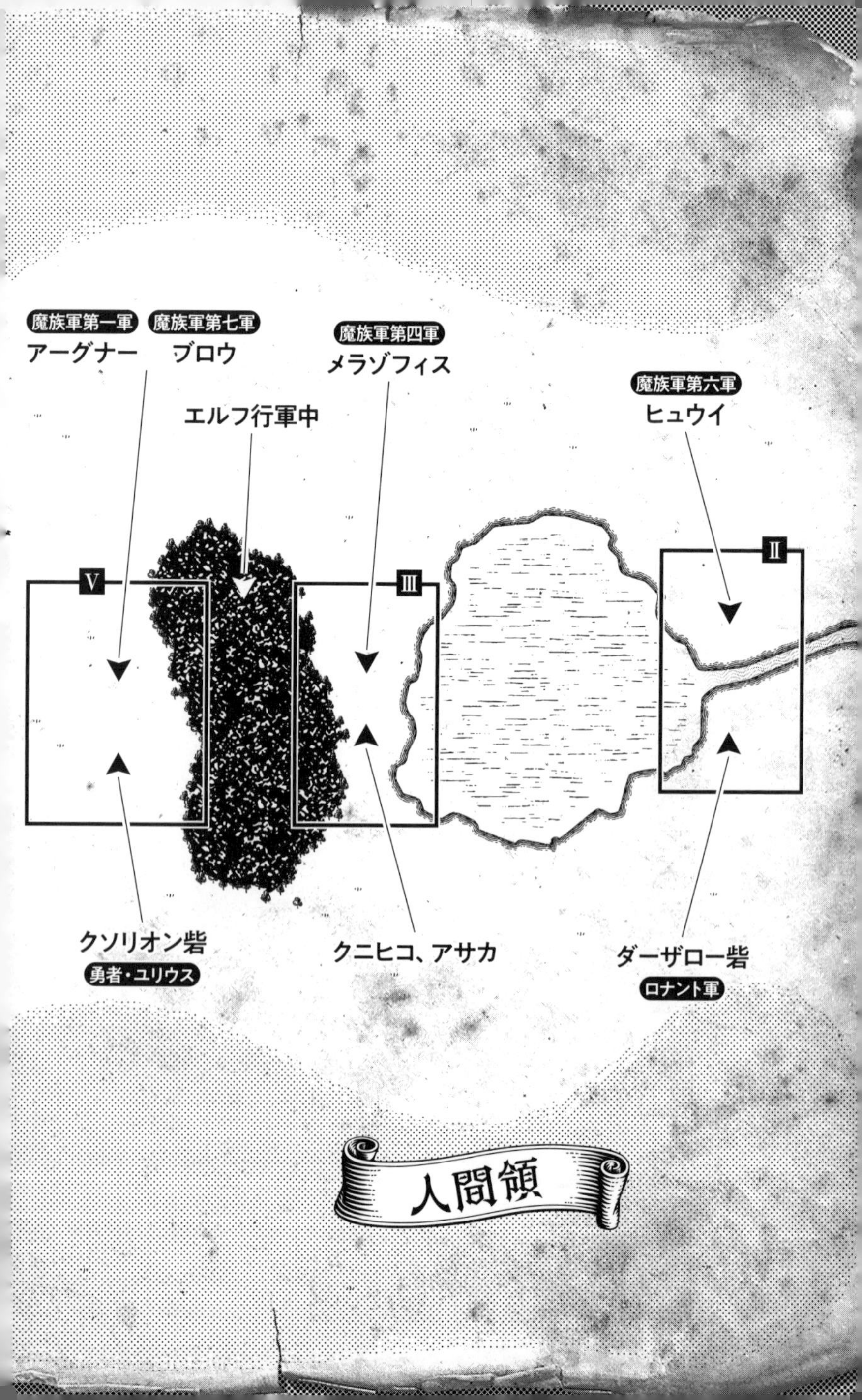
魔族軍第一軍
アーグナー
魔族軍第七軍
ブロウ
エルフ行軍中
魔族軍第四軍
メラゾフィス
魔族軍第六軍
ヒュウイ
Ⅴ
Ⅲ
Ⅱ
クソリオン砦
勇者・ユリウス
クニヒコ、アサカ
ダーザロー砦
ロナント軍
人間領

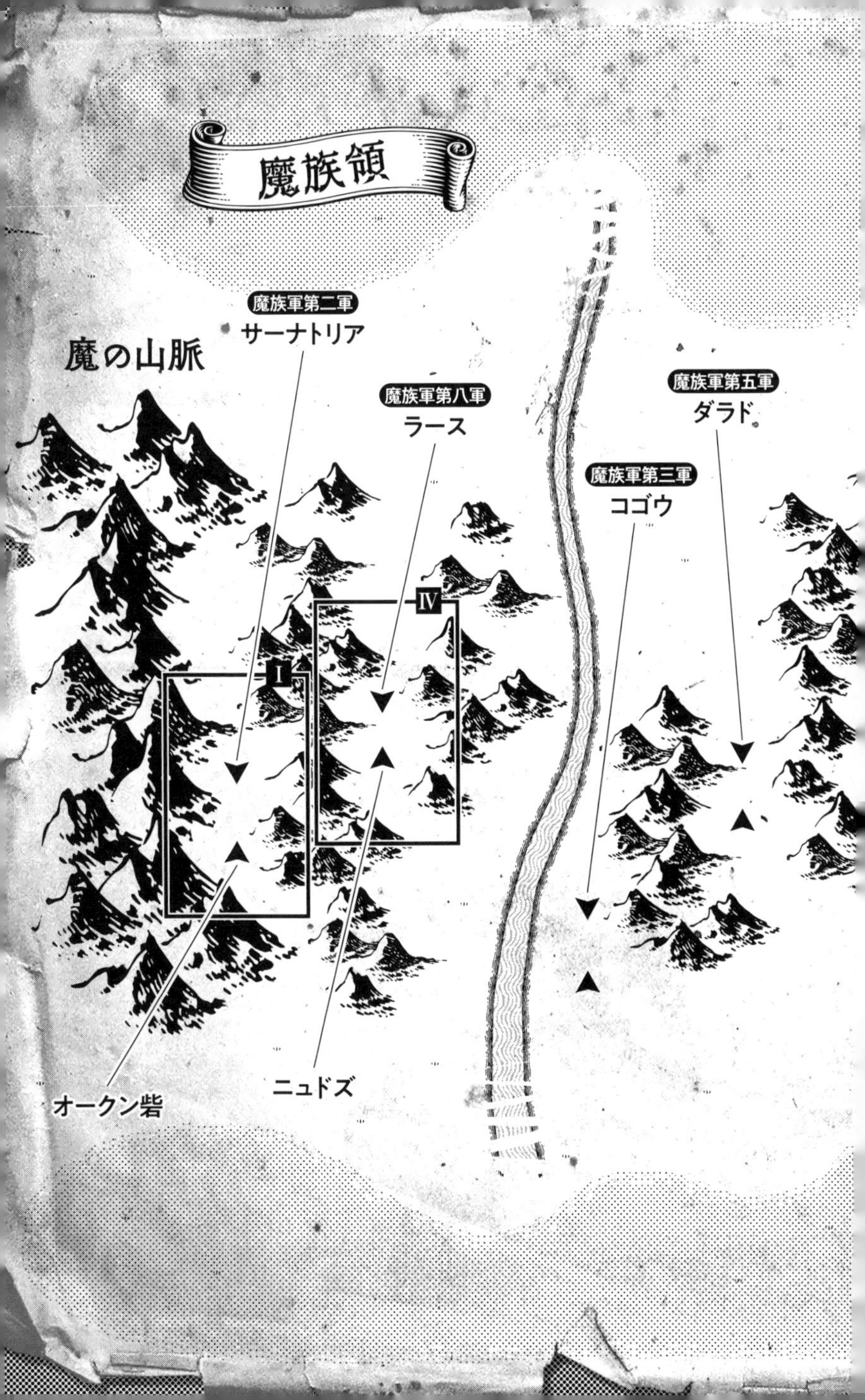

魔族領
魔族軍第二軍
サーナトリア
魔の山脈
魔族軍第八軍
ラース
魔族軍第五軍
ダラド
魔族軍第三軍
ココウ
Ⅳ
Ⅰ
ニュドズ
オークン砦

後世の歴史家はかく語りき　前編

人魔大戦。

長らく続いた人族と魔族の戦争だが、人魔大戦と呼ばれる戦いは一つしかない。

それだけ特別な戦いだったのは歴史を学ぶ者でなくとも、常識として知っていることだろう。

人族と魔族、その双方が種族の存続を懸《か》けて戦った、まさに大戦と呼ぶべき戦いなのだからさもありなん。

直後の混乱などにより資料があまり残っていないため正確なところは不明だが、動員された兵の数は人族魔族ともに七桁《けた》に達していたのは確実と言われている。

あるいは両軍合わせれば八桁に達していたのではないかとの学説もあるほどだ。

直近の大きな戦争、ザトナの悲劇で戦ったオウツ国連合軍とサリエーラ国、両軍を合わせても六桁には届かない。

サリエーラ国という大国の軍と、それに対抗すべくかき集められた周辺国の連合軍。

当時の人口から考えれば、相当大規模な戦いであったのは明白。

それをして霞《かす》むほどの大戦。

しかし、そんな大戦であるにもかかわらず、かかった日数は驚くほど少ない。

動員されたであろう兵の数から言えば、数か月、あるいは年単位で戦いが続いていてもおかしくない。

しかし、実際にかかったのは、たったの数日だ。

正確な日数はこれまた資料が残されていないために不明だが、歴史学者の間では長くとも十日前後でこの大戦が終結したという見解で一致している。

この規模の戦争ではありえないほど早い終結。

しかし、人魔大戦の恐るべきところは、その規模でも終結の早さでもない。

兵の死亡率だ。

例によって残っている資料が少ないためにその正確な数字は不明だが、少なくとも両軍ともに五割の人間が死亡したというのが通説だ。

少なくともだ。

後に生き残った魔族の人口から逆算して、最低でもそのくらいは戦死したと言われている。

それよりも多い七割や八割を唱える学者もいる。

七桁にもなる兵の、その最低でも五割が、たった数日の間に戦死した。

これがどれほど人魔大戦が激しい戦いであったのかをよく物語っている。

数少ない当時の資料、ある兵士の日記に記された言葉はあまりにも有名で、多くの人々が聞いたことがあるだろう。

「希望はなくなった。絶望のみが残った」

白1

ついにこの時が来た！

そう、私が作り上げた作戦本部指令室をお披露目するこの時が！

「白ちゃん……。なにこれ？」

魔王が呆《あき》れた声を出す。

魔王に遅れて入ってきたバルトも室内の光景を見て唖然《あぜん》としている。

フフフ。

どうだ？　驚いただろう！

壁一面に備え付けられた無数のモニター。

そこに映るのは各軍団が派遣された人族の砦《とりで》のライブ映像。

どうやって撮ってるのかって？

もちろん私の分体を使ってです。

掌《てのひら》サイズの小蜘蛛《くも》の分体を、あらかじめ砦の近くにばらまいておいたのだ。

我が分体は小型の超高性能自走カメラの役割をこなしているのだ！

そして、その目で見た映像をそのままこの作戦本部指令室のモニターに映し出す。

音声も拾うことができる。

魔王は戦場からはるか遠くにいながら、現場の様子を事細かに確認することができるのだ！

スキルとかあっても現代の地球ほど情報伝達は発達していないこの世界において、この作戦本部指令室の存在はまさに戦場に革命をもたらすもの！

ああ怖い。

自分の有能さが天井知らずで恐ろしい！

「イヤ、まあ、いっか。深く考えたら負けだね」

魔王はそう言って部屋の中央の特等席に腰を下ろす。

……もうちょっと反応してくれても罰は当たらないと思うんだ。

す、すげー！　的なさ。

それに比べてバルトはいい反応してくれてる。

部屋の扉の前でずっと固まったままだもん。

「バルト」

そのバルトを魔王が呼ぶ。

「いつまでボケっとしてんの？」

「も、申し訳ありません！」

魔王の一声でバルトが正気に戻り、部屋の中に入ってくる。

あっちこっち視線が泳いでるからまだ完全に正気に戻ったわけじゃなさそうだけど。

これだよこれ！

私が魔王に期待してたのはこういう反応なんだよ！

なんでしれっと順応してくれちゃってるわけ!?

「……白ちゃんのやることなすことにいちいち反応してたら埒《らち》が明かないよ？」

「……はい」

ものすごーく実感のこもった魔王の忠告で、ようやくバルトは平静を取り戻したようだった。

……そんなやることなすこと明後日《あさって》の方向にぶっ飛んでるわけじゃない。

ないったらない。

そういうことにしておこう。

「さーて。じゃあ、私はここでゆっくりみんなが頑張ってるところを観戦させてもらおうか」

魔王が笑みを浮かべながらモニターを見やる。

複数のモニター、その映像の中では、今まさに戦闘が始まろうとしていた。

魔族と人族、双方が大戦力でぶつかり合う、戦争が。

「じゃあ、白ちゃん。任せたよ？」

魔王の指示に片手をあげて了承の意を伝える。

そして転移を使って場所を移動。

さて、私もやることやりますか。

I
魔の山脈
魔族軍第二軍
サーナトリア
オークン砦

オークン砦攻略戦のここがポイント！

白ちゃんの解説コーナー！

おっぱいさんが攻めることになってる砦は見ての通り山！

山だよ山！

山をなめちゃ、いけない！

戦いは高いところをとったほうが有利っていうのはもう常識だよね。

弓とか高いところから低いところに射るのは簡単だけど、逆は重力に逆らって飛ばさなきゃいけないんだからもう大変。

歩兵も攻めるには坂登んなきゃいけないんだから疲れるに決まってんじゃん。

ひーこら山登った先で待ち構えてる敵と戦わなきゃならないとか、それ酷くない？

ただでさえ砦を攻めるには防衛側の三倍の人数が必要と言われているわけだけど、山に建ってるのはさらに難易度追加ドーン！

地球の城とかも高い所に建ってるのはそういう理由からなんだよ。

けっして王様っていう人種が高いところ好きってことじゃないんだ！

おそらく！　きっと！

そんな山に建ってる砦をおっぱいさんはどう攻略するのか！

こうご期待！

サーナトリア

「サーナトリア様、布陣完了しました」

「そ」

副官の報告に簡素に答える。

そんなこと、わざわざ報告されなくても知っている。

私が率いる第二軍は、人族の要所の一つ、オークン砦を眺めることができる丘に布陣していた。

オークン砦は魔の山脈にほど近い場所に建てられており、魔の山脈ほどではないけれど起伏の激しい地形に守られている。

私たちが布陣した丘からは、壁のように立ちはだかる断崖《だんがい》と半ば同化したかのようなオークン砦の威容がよく見える。

長年に渡り魔族の侵攻を妨げてきたその砦は、一目見ただけで攻め落とすのは難儀するとわかる堅牢《けんろう》さだった。

これからその砦を攻め落とさないといけない身としては憂鬱《ゆううつ》だわ。

とは言え、ここが特別難所というわけではない。

人族にはずっと魔族の侵攻を防いできた歴史があり、それに裏打ちされた防備はどこもかしこも難攻不落と言って差し支えない。

つまり攻めるとなったらどこに行っても変わらないってわけね。

裏を返せばどこに行こうと大外れってこと。

まったく、嫌になるわ。

ほう、と溜息《ためいき》を吐けば、副官がさりげなく目を逸《そ》らす。

私が軍団長になってからずっと副官としてついてきた彼でも、未《いま》だ私の仕草には慣れないらしい。

その顔色は若干赤みを帯びている。

私の一族はサキュバス族と言われている。

珍しいスキルである淫技《いんぎ》を鍛え、それを武器にして貴族の位を代々維持している家系よ。

淫技はその名の通り、異性に対して効果が高く、異性を虜にする仕草でスキルの効きが上がる。

だから、うちの一族のものは徹底的に仕草を磨く。

より艶《つや》やかに、色っぽく見えるように。

おかげで意識していなくても色香を振りまいちゃって、男所帯の軍では目の毒だなんて言われているわ。

淫技のスキルの効果は、洗脳。

相手を洗脳し、意のままに操るスキル。

ただし、その効果は残念ながらとても限定的なのよね。

洗脳は時間経過で簡単に解けちゃうし、完全にこっちの言うことを聞かせることもできない。

相手が強い忌避感を持つような命令をすれば、洗脳が解けちゃうこともある。

そんなに制約が多いくせに、洗脳が成功する確率は低い。

不便で仕方ない能力で、さらにはスキルレベルもやたら上げにくいときてる。

しかも洗脳なんて能力、そんなものを持ってる相手を信用できるかって言われたら、できないわよねえ。

もしかしたら自分も洗脳されてしまうんじゃ？　ってなるものね。

だからこそ、淫技のスキルを鍛えている人なんてめったにいない。

うちの一族はそれを逆手に取ったの。

いわゆる隙間産業ってやつね。

とは言え、洗脳なんて能力を持ってるといらぬ疑いをかけられかねない。

だから、うちのご先祖様はそれはもう代々の魔王様に媚《こ》びまくったらしいわ。

魔王様だけじゃなくて他の貴族にもね。

もともとが大した能力じゃないからこそ、それを周知して誰かを洗脳して暗躍するなんてことはできないのだと、自ら言いふらし。

自分たちは使う側《がわ》ではなく使われる側なのだと、それはもう下手《したて》に出まくって媚びに媚び。

そうして代々やってきた成果として、一族を名乗れるほどの権勢は確保したってわけ。

今の時代じゃ、サキュバス族は淫技のスキルよりも、その従順さを高く評価されてるくらいよ。

その一族の代表が、魔王様への忠誠も何もない私だっていうのが笑えてくるわ。

まあ、それも仕方のないことなのかもしれない。

先々代の魔王様が崩御され、そのすぐあとに魔王となった先代が失踪《しっそう》してしまったのだから。

敬うべき魔王様が不在じゃあ、忠誠心なんて持ちようがない。

その後ポッと出てきた見ず知らずの、しかも見た目は年下の小娘に、魔王だから忠誠を誓えと言われても、はいそうですかとは言いづらい。

それも、戦争のない平和を享受してぬくぬくとしていたところに、戦争を再開させると言う魔王様には。

もう一度愁いを込めて溜息を吐《つ》く。

少し離れたところから生唾《なまつば》を飲み込む音が聞こえてきた。

副官がそっちのほうに手ぶりであっちへ行けと示している。

この副官、最初の頃《ころ》はただどぎまぎして狼狽《うろた》えていてかわいかったくせに、最近は軍の下っ端たちに私のことを、見たら死なないけど苦しむことになる毒物扱いして吹聴してるのよ？

失礼極まりないわ。

しかも私に対して、「軍紀が乱れるからどうにかなりませんか？」なんて聞いてくる始末。

そんなこと知らないわよ。

そもそも、私は軍の仕事なんてしたくないんだから。

魔族軍の仕事は、もちろん人族との戦い。

でもそれは先々代魔王様の時代のことで、実質空位となった先代魔王様の代では地域の治安維持が主な仕事だった。

それでよかったのよ。

魔物や犯罪者の相手は、人族と戦争するよりもずっと楽だもの。

少なくとも指揮官である私が死ぬようなことはなかった。

でも、人族との戦争となればそうもいかない。

下手をすれば私だって死ぬ。
そんなの嫌に決まってるじゃない。
だから、手っ取り早く戦争の原因を排除しようとした。
すなわち、戦争を起こそうとしている今代の魔王様の排除を……。
それが間違いだったのよ。
ぐちゃぐちゃ。
耳の奥で幻聴が聞こえる。
私と一緒に魔王様を排除するために動いていた元第九軍の軍団長のネレオさん。
彼は私の目の前で魔王様に食われた。
粛清のために、食われた。
その時の咀嚼音《そしゃく》が、耳の奥にこびりついて今でも離れてくれない。
私はあの時、自分が何を敵に回していたのか、ようやく理解した。
化物。
私は絶対に手を出しちゃいけない相手に、手を出してしまった。
そうと知った時にはもう手遅れで、私は魔王様に媚びを売るしかなかった。
図らずも一族のご先祖様たちと同じ道をたどるなんてね。
笑うしかないわ。
でも、そうしないと殺されちゃうんだから仕方がない。
プライドも何もかも捨てて、靴を舐《な》めろと言われればそうするわ。

けど、あの魔王様がこびへつらった程度で私のことを許してくれるとは思えない。

そもそも、あの魔王様が魔王になった時点で詰んでる。

だってあの魔王様の目的は戦争に勝つことじゃなくて、戦争でより多くの魔族が死ぬことなんだもの。

いえ、魔族だけじゃなくて人族も合わせてね。

要はどれだけ死ぬかが重要で、勝敗なんて二の次。

魔族も人族も消耗しあってくれれば魔王様にとってはそれでいい。

私たちに求められた仕事は、より多く殺して、より多く死ぬこと。

そういう意味では魔王様の手で粛清されて殺されるか、人族との戦いで死ぬか。

死ぬのが早いか遅いかの違いでしかないのかもしれない。

でも、あの魔王様に無謀な戦いを仕掛けるよりかは、人族と戦ったほうがまだ生存確率が高そうだって思えるのが何とも言えないわね。

それも儚《はかな》い希望だけれど……。

オークン砦《とりで》を改めて見やる。

気の利いた言い回しはできないけれど、それを見た感想は難攻不落。

普通に攻めたらまず間違いなく難儀するところだわ。

不可能、とまでは思わない。

でも、勝つにしろ負けるにしろ、相当な犠牲が出るのは確実ね。

普通に攻めたらね。

「来た」

私が見つめる先で、変化が生じる。

でもそれは砦じゃない。

砦の横に逸《そ》れた先、山肌にあった。

山肌が動いていた。

いえ、それはよく見れば山肌なんかじゃない。

無数の魔物が蠢《うごめ》いていた。

山の全《すべ》てがその魔物で覆われて地面が見えないほどの大群。

それらがまっすぐにオークン砦に向けて進んでいた。

魔物の名前はアノグラッチ。

別名、復讐猿《ふくしゅうざる》とも呼ばれ恐れられている魔物。

一匹一匹は大したことはないけれど、その真価は群れにこそある。

アノグラッチの群れの結束力は固い。

群れの一匹でも何者かに殺されれば、アノグラッチはその犯人を全力で殺しに来る。

たとえそれで群れが全滅することになろうとも。

アノグラッチを一度でも怒らせてしまったならば、群れを全滅させるか、最初の一匹を殺した者を生贄《いけにえ》に捧《ささ》げるかしかない。

人の密集している場所にもしアノグラッチが攻め込んだならば、防衛のために人々は戦い、そしてアノグラッチを新たに殺した人が復讐の対象になる。

そうして復讐相手を拡大していき、やがては戦いに参加した全員が対象になる。

どちらかが全滅するまでその戦いは終わらない。

そう、オークン砦にいる者はあのアノグラッチの大群を退けなければ、全滅することになる。

アノグラッチはちょうど今が繁殖期。

増えに増えたアノグラッチの大群は、魔の山脈からあふれてきて毎年魔族の悩みの種になっていた。

それをちょっと殺さずに捕獲して、洗脳した人族の兵士に砦の中に運び込ませたの。

結果は御覧の通り。

アノグラッチの大群が山を駆け下り、平野を駆け抜け、砦へと殺到していく。

砦から迎撃の魔法が飛び、アノグラッチの数を減らす。

でもそれが何だというの?

アノグラッチの後続はまだまだいる。

それこそ山肌をすべて塗りつぶし、それでも途切れることなく続々と集まってきている。

砦の壁をよじ登り、仲間が撃ち落とされても愚直に邁進《まいしん》していく。

圧倒的な物量。

もしアノグラッチの矛先がこっちに向いていたらと思うとぞっとせずにはいられない。

けしかけた私が言うのもなんだけれど、ご愁傷さまだわ。

「うまくいったわね」

「はい。全て抜かりなく」

副官と頷《うなず》き合う。

初めから、私はこの第二軍でオークン砦を落とそうとは思っていなかった。

あまりにもリスクが高すぎるもの。

私たちが見守る先で、アノグラッチの先頭がついに砦の壁をよじ登り終える。

この時点で勝敗は決したものね。

砦の内部に入られてしまえば、あとはもうじり貧。

アノグラッチの数に押されてあの砦は落ちる。

「そう。これで、こちらの被害は0で済んだわね」

「そうですね。もっとも、しばらくは砦に近づくこともできなくなってしまいましたが」

それもそうね。

砦を管理するのが人族からアノグラッチに変わるだけで、私たちが迂闊《うかつ》に攻め込めないことに変わりはない。

けど、それに意味なんてない。

「それは仕方ないわ。それに、この戦争は侵略が目的ではないもの。これで十分よ」

「それもそうですね。しかし、見事な手腕でした」

「そんなことないわ」

淫技による洗脳で敵兵士を使ってアノグラッチを砦におびき寄せる工作はしたけれど、淫技を使わなくてもアノグラッチをけしかける方法はそれこそある。

私でなくてもやろうと思えばやれる作戦。

私は軍団長として、それなりに魔族の中でも優れているとは思っている。

でも、あくまでちょっと優れているだけに過ぎないのよ。

あの魔王様のように、超越の存在ではない。

只人《ただびと》の私にできることなんて、限られている。

でも、それでも。

「ごめんなさいね、魔王様。私、あなたの思惑に素直に乗るつもりはないの」

逆らっても死。

従っていても死。

ならば、できるだけ従いつつ、抜け穴を探していくしかないわ。

言われたことをそのまま実行していたら、いずれ使い潰《つぶ》されるのは目に見えているもの。

「魔族としては間違ってるのかもしれないけど、ノルマはきちんと達成するから、見逃してくれないかしら？」

虫のいい願望だとはわかっているけれど、お目こぼしを願うしかないわ。

そうであればいいと思いつつ、私はアノグラッチに蹂躙《じゅうりん》されるオークン砦を見張り続けた。

Thanatolia Pilevy

サーナトリア

　本名サーナトリア・ピレヴィ。魔族軍第二軍軍団長。サキュバス族という、淫技のスキルを扱う一族の長。その特性から色香をまとった妖艶な女性。長いものには巻かれるタイプで、面倒ごとを嫌う。魔王アリエルの政策は面倒でしかなかったために、他の軍団長たちと結託してクーデターを計画していた。が、実行前に潰されてしまい、逆に窮地に立たされることに。とにかくアリエルに粛清されないようになりふり構わず点数稼ぎをしている。バルトとは幼馴染の関係。

Ⅱ
魔族軍第六軍
ヒュウイ
ダーザロー砦
ロナント軍

ダーザロー砦攻略戦の**ここがポイント！**

白ちゃんの解説コーナー！

ショタくんが攻めることになってる砦は見ての通り川！

川だよ川！

川をなめちゃ、いけない！

川を渡るのってめっちゃ大変だからね？

実感できない人は流れるプールにでも行ってみよう。

流されないように横断してみればその大変さが身に染みてわかるから。

しかも行軍なわけだから武器持って鎧とか着てなきゃならないわけ。

水深によっては沈むわ。

騎馬とか普通に流されるからね。

いくらステータスとかあるって言っても、大自然の恐ろしさを甘く見ちゃいかん。

しかも渡ってる最中は無防備だから相手に遠距離攻撃され放題。

だから川を挟んで睨み合い、なんて状況が発生するんだよね。

どっちも川を渡りたくないから。

ショタくんはどうやら川を渡らないで魔法による遠距離攻撃で敵軍にダメージを与えようとしてるらしい。

がんばれショタくん！　負けるなショタくん！

ヒュウイ

魔族軍第六軍軍団長。

それが僕に与えられた役職。

自分でも身の丈に合ってない立場だという自覚はある。

僕は魔族の中では若輩だ。

加えて、見た目が幼いせいで余計に侮られる。

人族に比べて長命な魔族は、成長の仕方に個人差がある。

僕はどうやら実年齢よりも成長が遅いタイプらしく、未だに少年にしか見えない。

うちの家系は何代か前にエルフの血が混じっているらしい、というのも成長に影響しているのかもしれない。

らしいと言うのは、同族以外を嫌うエルフが本当に魔族と子供を作ったのか疑問が残るところだからだ。

ただ、エルフと同じくうちの家系は代々魔法の才能に恵まれているし、眉唾《まゆつば》と切って捨てることもできない。

現に僕の成長の遅さは魔族の中でも飛びぬけていて、エルフを彷彿《ほうふつ》とさせる。

弟も同じだし、僕個人の特徴というよりかは家系の特徴だろう。

この容姿のせいで学園では先輩や同級生に馬鹿にされ、後輩にも侮られる始末。

そして、体の成長の遅さはすなわち物理系のステータスの遅れも招く。

肉弾戦で僕は毎回打ち負かされ、赤っ恥をかかされ続けた。

でも、それは魔法を使わない、肉弾戦のみの話だ。

僕には魔法がある。

魔法だけならば魔族の誰《だれ》よりも優れていると思っている。

それが魔法の大家の伯爵家として生まれた僕の矜持《きようじ》。

それだけを支えに、馬鹿にしてくる奴らを魔法の力で見返してきた。

そしてその力が認められて、僕は魔族軍の軍団長の一人に任命された。

軍団長は魔族の実質トップ役職。

僕のことを馬鹿にしていた連中が、僕に傅《かしず》かなきゃならないんだ。

いい気分だったよ。

でも、同時に僕は自分が軍団長の器じゃないということもわかってた。

僕が軍団長になれた理由は、他に適任がいなかったから。

僕だからという理由で選ばれたわけじゃなくて、消去法で仕方なく一番ましなのを選んだ。

それが真相。

人族との戦争で優秀な人たちの多くを失った魔族は、人手不足だった。

第一軍軍団長のアーグナー様のような古参の生き残りは少なく、戦争が続いていた先々代の時代では若輩だった人たちが、繰り上がって軍団長を務めている。

それでも足りずに、後進の中から優秀そうなのをとりあえず軍団長につけた。

それが僕だ。

つまり僕は間に合わせ。

もちろん、優秀だから選ばれたというのは事実だ。

けど、他の軍団長に比べ僕は圧倒的に戦力も経験も足りない。

魔法の腕だけは他の軍団長にも負けないと思ってる。

でも、実際に戦えば、僕はきっと軍団長の中で最弱だ。

そして経験も足りないから軍の運営の仕方も拙い。

陰で皆が僕のことを、「坊ちゃん軍団長」と悪口を言っていることを知っている。

学園にいた頃《ころ》なら、魔法の力を見せつけて黙らせることもできた。

でも、軍団長という肩書だと、僕の魔法の力だけじゃ周囲を納得させるには足りない。

他の軍団長に名実ともに追いつけなければ、僕を嘲《あざけ》る声は止まらないだろう。

とは言え若造の僕が他の軍団長たちに追いつくのは早々にはできない。

屈辱だけど、我慢しなければならなかった。

そんな時だ。

魔王様が現れたのは。

魔王というのは人族と戦争をしたがるものらしい。

代々の魔王様はそうで、例外は行方《ゆくえ》をくらませていた先代魔王様くらいのものだ。

でも、結果的に先代魔王様が行方をくらませていたのは、魔族にとって僥倖《ぎょうこう》だった。

長く続いた人族との戦争で魔族は深刻な人手不足に悩まされており、もはや戦争どころではなくなっていたからだ。

その人手不足のおかげで、僕は異例の若さで軍団長になれたのだから、複雑な思いだ。

先代魔王様が行方をくらませているのをいいことに、人族との戦争を一時休戦し、復興の時間にあてることができた。

今代の魔王様はそれを台無しにしようとしている。

しかも、魔族の未来を全く考えない勢いで。

過去の魔王様たちも人族との戦争を続けてきたけれど、今代の魔王様は加減というものを知らないらしい。

代々の魔王様はちゃんと魔族全体のことを考えながら、戦力を出していた。

今代の魔王様はそんなことは知ったことかと、戦力をかき集められるだけかき集めて、人族と戦うつもりのようだった。

それに軍団長の多くは難色を示していた。

僕でもそんなことをすればどうなるか、先が見えたんだから、他の軍団長が難色を示すのも当然だ。

そして、来るとわかっている破滅を座して見ているだけの軍団長たちではない。

案の定、密《ひそ》かに魔王様を廃するという動きが出た。

チャンスだと思った。

一も二もなくクーデターに参加することを決めた。

悪政を敷く魔王を討ち倒した、というその実績欲しさに。

勝算は十分あった。

魔王様は見た目幼い。

魔王に任命されて調子に乗って加減を考えずに無茶をやらかそうとしているに違いない。

馬鹿なやつだ。

僕はひそかに計画されたクーデターへの参加の誘いに乗り、慎重に第七軍軍団長のワーキス様のところに兵力を集めさせた。

ワーキス様が反乱軍を組織して攻め込み、その動きに合わせて僕も第六軍を動かす。

サーナトリアさんの第二軍も協力し、内と外から魔王様の牙城《がじょう》を突《つ》き崩す。

バルト様の第四軍が防衛を担っているけれど、バルト様も嫌々魔王様に従っていたようだったし、兵士たちも魔王様に忠誠を誓ってるわけじゃない。

こちらの呼びかけがあれば寝返る兵士も多そうだった。

さらに、人事を担っている第九軍軍団長のネレオ様が味方のため、人を動かすのもスムーズにできた。

魔王様に不審に思われることなく、気がついた時には反乱軍が組織されている。

その時にはもう手遅れで、反乱は成功したも同然。

……そうなる手はずだった。

蓋《ふた》を開けてみれば、反乱はあっけなく潰されてしまった。

首謀者のワーキス様は僕の見ている前で自刃。

そのすぐ後に、反乱に加担していた軍団長全員がアーグナー様に忠告を受ける。

その時点で、僕は悟ってしまった。

失敗したと。

あのアーグナー様が、軍団長の中でも最古参で、誰もが魔族一の実力者と認めているアーグナー様が、魔王様についていた。

アーグナー様がどうして魔王様につくことにしたのか、それはわからなかった。

でも、アーグナー様が魔王様についたというだけで、僕は反乱が失敗に終わったことを納得してしまった。

それだけアーグナー様の影響力は大きい。

アーグナー様が敵にいるだけで勝ち目は薄い。

僕は負け馬に乗ってしまったんだ。

何とか挽回《ばんかい》の機会を作らなければ。

そう焦っている時、僕は魔王様に呼び出された。

そして、僕はアーグナー様が魔王様に従っている理由を理解した。

呼び出されたのは僕だけではなかった。

ネレオ様、サーナトリアさん、そして僕。

それは反乱に裏で加担していたメンバー。

毅然《きぜん》とした態度のネレオ様と、普段と変わらない余裕の笑みを浮かべているサーナトリアさんに比べ、その時の僕はみっともなく青ざめていただろう。

処刑を言い渡されるのではないかと戦々恐々としていたけれど、魔王様の口から出てきたのは第九軍の軍団長変更のお達しだった。

拍子抜けした。

第九軍はもともと名前だけ残っているような軍団。

軍団長のネレオ様は人事部のトップで、そちらにかかりきりで軍団長としての仕事はしていない。

新たに別の人物を軍団長に立て、きちんと軍を組織する。

そういう話だった。

処刑されるかもしれないと思っていただけに、安心した。

が、安心するのは早かったと、その直後に思い知らされた。

あんな、あんなの、おかしい。

「ということで、今の第九軍軍団長はもういらない」

魔王様はそう言った。

そしてその言葉の通りネレオ様はいらないものとして処理された。

あれは、処刑なんて生易しいものじゃない。

あんなの、人の死に様じゃない！

跡形もなく食われて死ぬなんて……。

人の死に様じゃないし、人の仕業でもない。

魔王様は見た目は幼い。

でも、その中身は悍ましい化物だ。

幼い見た目で苦しんでいた僕が、魔王様を見た目で侮ってしまっていたなんて、笑えない。

その日から、僕らの地獄が始まった。
どこで間違えたのか？
決まっている。
初めから、魔王様に逆らってはいけなかったんだ。
見た目に騙《だま》されて、その方針を馬鹿にして、勝手に侮っていた。
幼い馬鹿が調子に乗って阿呆《あほ》をやらかそうとしていると。
違う。
今ならわかる。
魔王様は全部わかったうえで、僕らのことを地獄に叩《たた》き落とそうとしてるんだ。
あれは化物だ。
僕らがもがき苦しんで死んでいくのを笑って楽しむ、化物だ！
いつ気まぐれで殺されるかわからない。
とにかく魔王様の言うことを聞いて、従順にして、少しでも心証をよくしないと……。
魔王様は仰せだった。
「いっぱい殺していっぱい死ね」
だからたくさん敵を殺さなければならない。
そうしないと、その分僕らが殺される！
「ヒュウイ様！　もう限界です！　撤退しましょう！」

だというのに、副官が撤退を進言してくる。

人族の砦《とりで》の一つ、ダーザロー砦。

そこの攻略を第六軍は命じられていた。

戦況は、はっきり言って悪い。

正直この結果は予想外だ。

僕が率いる第六軍は魔法師団だ。

僕が魔法に傾倒しているというのもあるけれど、それ以上に魔法使いは数を集めたほうが効果的だという理由で、編成に偏りをあえて作っている。

軍における魔法使いの役割は、大魔法による敵軍の殲滅《せんめつ》にある。

広域に甚大な被害をもたらす大魔法は、数の多い軍同士の戦いにおける切り札。

大魔法をどれだけ敵軍に撃ち込めるか。

それが勝敗を分けると言っても過言ではない。

そして、大魔法を行使するには、複数の術者が連携のスキルによって協力しなければならない。

だからこそ、魔法使いは数を集めることが重要なのだ。

大魔法を使えるほどの魔法使いは貴重だ。

僕は軍団長に任命された時から、見込みのありそうな兵士に魔法を教え込み、才能のある兵士を交渉して他の軍団から引き抜いたりして、魔法使いの数を増やした。

おかげで第六軍はこと破壊力、殲滅力では他の軍団の追随を許さない軍団になったと思っている。

その分前線の兵の練度不足が目立ち、野戦であれば突破されて虎の子の魔法使いたちがやられてしまう危険もはらんでいる。

しかし、攻城戦ではその破壊力をいかんなく発揮することができる。

相手が砦を捨てて突撃してこなければ、こちらから一方的に大魔法をぶつけて砦そのものを破壊して勝利を収めることができる。

そう確信していた。

だというのに、この体たらくは何だ⁉

「クソッ！」

「ヒュウイ様、撤退を！」

悪態をつく僕に、副官が再度撤退を具申してくる。

撤退をしなければならないほど、第六軍は追い詰められていた。

副官の焦り具合が、それがどれほど深刻かを物語っている。

勝てるはずだったのだ。

だって、魔法の撃ち合いをしていたんだから！

そう、相手が選んだのは魔法の撃ち合いだった。

第六軍の最も得意とする、魔法で勝負を挑んできたのだ。

僕はほくそ笑んだ。

勝ったと確信した。

だというのに！

なんで僕らのほうが負けているんだよ⁉

大魔法は一発もくらっていない。

こっちも大魔法は潰《つぶ》されてしまっているので当てられていないが。

戦争はいかに敵に大魔法を当てるかの勝負だ。

大魔法はその性質上、どうしても発動までに時間がかかるうえに、膨大な魔力ですぐに相手に大魔法を発動しようとしていることを察知されてしまう。

こちらの発動しようとする大魔法を守り、いかに相手の大魔法を潰すか。

場合によっては大魔法を囮《おとり》にして、相手の意識をそちらに向けるなんてこともある。

それが戦争の駆け引きだ。

この戦い、その点でいえば互角。

こちらの大魔法は発動前にことごとく潰されてしまったが、相手の大魔法も同じように潰してやった。

味方も敵も攻撃の主軸は機能していない。

つまりは普通の魔法の撃ち合いを続けているだけなのだ。

それなのに、どうしてうちにばっかり被害が出る⁉

ステータスは人族よりも魔族のほうが優れているはずだ！

魔法を撃ち合えば、ステータスで優れる僕らのほうが勝るはず。

なのに結果は逆。

おかしい。

どうなってるんだ⁉

敵の大将はロナントとかいう人族の魔法使いらしい。

先々代魔王様の代から生きている、人族の英雄の一人だという。

侮っていたつもりはなかった。

でも、魔法ならば負けないと自信を持っていた。

それなのに、それなのに！

奥歯を噛《か》みしめる。

このままでは、魔王様に殺されてしまう。

「撤退は、できない」

「どうしてです！　このままでは損害ばかりが増えてしまいます！」

「できないものはできないんだ！」

こんなろくに戦果を挙げられていないまま撤退なんてしたら、魔王様は僕らを許さない。

殺される。

食われる。

そんなの嫌だ！

あんな死に方したくない！

なんとしてでも結果を残さないといけない。

そのためには……。

「大魔法を使う。補助を」

「今大魔法を使っても無意味です！　撤退を！」

「補助をしろ」

僕自身の手で大魔法を敵に叩き込む。

そうでもしないと戦況を覆すことはできない。

僕が準備をしようとするのに、周囲の誰一人として動こうとしない。

このノロマどもめ！

「早く手伝え！」

思わず地団太を踏んだ。

瞬間、何かが頭の中で弾けた。

「ひぇ？」

そして、何が何だかわからないうちに、僕の意識は闇《やみ》に落ちていった。

Huey Guidek

ヒュウイ

本名ヒュウイ・ギデク。魔族軍第六軍軍団長。代々魔法の実力を磨いてきた伯爵家の現当主。純粋な魔族の軍団長の中では最年少であり、見た目も少年のようで幼く見える。その見た目や、両親が幼いころに他界していることなどから苦労を重ねてきた。それらの壁を実力で越えてきた努力家でもある。しかし、他の軍団長たちに比べ劣っているということも自覚しており、追いつき追い越すために積極的に行動している。そのせいで魔王という虎の尾を踏むことになってしまい、どうあっても越せない壁にぶち当たり恐怖することに。

ロナント

「久しいの」

「お久しぶりです、師匠」

儂《わし》は久しぶりに弟子一号こと、勇者ユリウスと会っておった。

こうして顔を合わせるのは数年ぶりとなる。

神言教の横槍《よこやり》が入るせいで、まともに会うことさえできないのじゃ。

まったく、忌々しいことよ。

「元気そうでなによりじゃの」

「師匠のほうこそ。もうお年ですのに、未《いま》だ現役で元気そうじゃありませんか」

「儂を誰だと思っとる？　死ぬその時までバリバリ現役じゃよ」

「師匠らしい」

上品に笑う弟子一号。

儂が面倒を見ておった時は、まだあどけなさも残っておったが、もはや一端《いっぱし》の大人となったのう。

「ユリウス、っと。ロナント様。いつお越しになっていたんです?」

扉をノックもなしに開けて入ってきたのは、ハイリンスとか言ったかの？

弟子一号の友人兼仲間の一人じゃな。

「今さっきじゃ」

「急に転移してきたんだよ。ビックリするからやめて欲しいってさんざん言ってるんだけどね」

「転移の予兆もわからんようではまだまだということよ」

弟子一号の愚痴を聞き流す。

こうしてお忍びで会わねば、神言教がうるさいんでな。

「相変わらずな方だ」

ハイリンスの小僧が嘆息しておるが、儂とて最低限の公序良俗はわきまえておるわい。

「で？　師匠もハイリンスも、何か用があってきたんじゃないんですか？」

「うむ。じゃが、ハイリンスの小僧の用件から先でいいぞい」

儂の用件は大したことではない。

ただのお節介じゃ。

だったら後回しでもいいじゃろ。

「小僧。まあ、ロナント様から見れば小僧でしょうけど」

「小僧を小僧と言って何が悪い？　反論したけりゃまずは儂に勝てるようになってからせい」

「勘弁してください」

小僧が苦笑し、さっと真剣な面持ちになる。

「ロナント様。これからここで話すことは一応軍事機密です」

「あい、わかった。ここで見聞きしたことは口外せぬと約束しよう」

小僧としては、できれば儂に席を外して欲しかったのじゃろうが、儂が立ち去らないだろうと諦《あきら》めてもおる。

そこそこの付き合いじゃが、それくらい儂のことはわかっておろう。

案の定、諦めた顔をして報告を始めた。

「斥候部隊が定刻に戻らなかった。始末されたと見るのがいいだろう」

小僧の報告に、弟子一号が沈痛な面持ちになる。

人族の最前線とも言うべきこの場にいる部隊は、そんじょそこらの部隊とは違う。

精鋭中の精鋭。

その斥候部隊が、何の情報も得られず戻ってこなかった。

その意味するところは、相手がそれだけ危険であるということじゃろう。

「ふむ。戻ってこなかった部隊はいくつくらいじゃ？」

「全《すべ》てです」

なんとまあ。

それは予想以上にやばいのう。

斥候部隊は今回のような大規模な戦いの前では、いくつかの隊に分散して情報収集を図る。

一隊が見つかって全滅させられても、他の隊が情報を持ち帰れるようにのう。

しかし、今回その全ての隊が戻ってこなかった。

ということはじゃ、相手は斥候の隠密能力を上回る索敵能力を有し、その上で斥候部隊を速やかに始末できるだけの実力があるということじゃろう。

それも、分散した斥候部隊を同時に襲撃できるだけの数がおるということじゃ。

斥候が部隊同士で連絡を取り合っていないはずもなし。

どこかの部隊に異変が生じれば、速やかに撤退できるように訓練されていたはずじゃ。

それをさせてもらえなかったということは、同時に襲撃されたのじゃろう。

斥候部隊を発見できる索敵能力。

斥候部隊を殲滅《せんめつ》できる戦闘能力。

それらを持った敵部隊が、少なくとも斥候部隊と同じ数だけ存在しておるということじゃ。

「厳しい戦いになりそうだね」

弟子一号は沈んだ声でそうのたまった。

大方犠牲となった斥候部隊の隊員のことでも考えておるんじゃろうよ。

「弟子一号」

儂はそんな馬鹿弟子に説教をかますべく、低い声で呼びかけた。

「貴様のことじゃ、斥候部隊の犠牲者のことでも考えておるんじゃろうが、そんなことを考える暇があるのなら自分のことを考えよ」

「師匠！　そんなことってなんですか⁉」

普段声を荒らげることのない弟子一号じゃが、こと人の生き死にに関しては敏感になる。

「今考えるべきなのは斥候部隊の犠牲のことではないと言っておるんじゃ」

「師匠。師匠でも言っていいことと悪いことがあります。それ以上言うなら、許しませんよ」

「ほう？　どう許さないと？」

儂の威圧に、小僧が怯《ひる》む。

弟子一号は表面上動揺を見せなんだが、あくまで見せかけだけじゃな。

「貴様が、儂に、どう、許さないと？　まさか、儂に勝てるだなどと思ってはおらんじゃろうな？」

一言ずつあえて強調し、低い声で問いかける。

唾《つば》を飲み込んだのは、弟子一号か小僧か。

「思い上がるでない。上には上がおる。貴様が勇者じゃろうとなんじゃろうとな」

威圧を解き、杖《つえ》で軽く弟子一号の額を小突く。

「斥候部隊のことにしてもそうじゃ。そやつらは己の仕事を全うして、力及ばず戦死した。その死を悼むのは間違っておらん。じゃがな、その死に貴様が責任を感じるのはお門違いじゃ。勇者じゃろうと何でもかんでも救えると思っておったら大間違いじゃからな？　それとも、貴様が斥候に出てれば良かったなどと、そんな見当違いのことを考えてはおらんじゃろうな？　それこそ死んだ連中の仕事を奪い、あまつさえそやつらを無能呼ばわりする最大の侮辱だろうて。まさかまさか、勇者ともあろうものがそんなクズ以下のゲスな考えをしてるわけもないわな」

儂の指摘に、弟子一号は返す言葉が思い浮かばないようじゃった。

言葉もなくうなだれる。

昔っからこやつはそうじゃ。

抱えんでいいものまで抱え込む。

人が戦って死ぬのはいつだってそやつの責任じゃ。

他の誰《だれ》でもない、戦う本人だけの。

それをこやつは、何を勘違いしておるのか全てを救わなければ満足しない。

そんなこと、神でもなければ不可能であろうに。

「ユリウス」

弟子一号ではなく、名前で呼ぶ。

ユリウスが下げていた頭をゆるゆると持ち上げる。

「戦いの場では己のことを考えろ」

他に気を取られているようでは、生き残れるものも生き残れぬ。

「上には上がおる。それはお主もよく知っておろう？　他者を守れるのは、強きものだけじゃ。貴様は弱い。この儂にさえ勝てぬほどな」

「師匠は、強いからそう言えるんですよ」

ユリウスの弱々しい反論に、儂はハッと笑ってみせる。

「儂よりも上はおるわ。それは貴様もよく知っておろう？　わかっておるはずじゃ」

あのお方を共通して知るユリウスならば、わかっておるはずじゃ。

儂ら人族などでは到底抗えぬ、そんな力が存在することを。

「良いか？　危うくなったら迷うことなく逃げよ。貴様は曲がりなりにも勇者なんじゃからの。勇者が逃げたという事実よりも、勇者が死んだということのほうが大問題じゃ。そこら辺よくよく頭に刻み込んでおれ」

「大丈夫ですよ。ユリウスはこの俺が守りますから」

小僧がなにかほざいておるのう。

「弟子一号よりも弱っちい奴《やつ》が言っても説得力ないのう」

「こりゃ、手厳しい！」

ふざけた態度を取るのは、この場の空気を明るくするためじゃろう。

弟子一号が沈んだまま戦場に向かうことがないよう、気持ちを上向けさせようとしておる。

戦闘力はちと頼りないが、良き友を持った。

「ふふ。それじゃあ守ってもらおうかな」

「おう。安心するがいい」

小僧の目論見通り、弟子一号は少し気分を持ち直したようじゃ。

「それにしても、ロナント様。弟子が気がかりで叱咤《しった》しに来るなんて、可愛《かわい》いところがありますね」

「べ、別にそんなことを思っとらんわ！」

何を言っておるんじゃコヤツは⁉

弟子一号のいい友とか思ったが、儂の勘違いだったようじゃな！

「ほら。照れてる照れてる」

「照れとらんわ！　まったく！　儂は帰るぞ！」

「ええ。師匠、今日はありがとうございました」

「ふん」

転移を発動し、その場を後にする。


それが数日前のこと。

「敵軍、撤退していきます」

「うむ」

弟子の一人の言葉に相槌《あいづち》を返す。

儂は弟子一号ことユリウスを弟子にして以降、己を鍛えることから弟子を育てることに方針を転換した。

儂はもう年じゃ。

今さら鍛えたところで先が見えておる。

ならば、儂が生きてきた中で学んだことを、後進に伝える。

そうすれば、もしかすれば弟子の中から人を超越した力を身に着ける者が出るかもしれん。

そんな淡い期待。

各国から志願者を募り、片っ端から弟子として修行を課した。

ほとんどは儂の課した修行に耐え切れずに逃げ出してしまったがのう……。

これでも弟子一号を半殺しにしてしまった反省を踏まえて、易《やさ》しめにしたつもりだったんじゃがなぁ……。

じゃが、おかげで残った弟子どもはそこそこ見れるようになった。

儂の修行の初級編に耐えられるくらいにはなった。

空間魔法を使える者も増えてきておる。

まあしかし、まだまだじゃな。

まだ弟子一号を超えるのはおらん。

弟子一号は勇者だから仕方がないが、弟子二号を超えるのがおらんのも不甲斐《ふがい》ない限りじゃ。

弟子二号のオーレルはもともと儂《わし》の小間使い。

魔法の才能が有りそうだったので気まぐれで弟子にしただけじゃ。

そういった経緯もあって、弟子二号にはやる気がない。

やる気がないくせに実力は弟子の中でユリウスの次だというから、他の弟子たちの情けなさを嘆けばいいのやら、もっと真面目《まじめ》に修行すれば更なる飛躍が望めるのにと惜しめばいいのやら。

じゃが、不甲斐ない弟子どもじゃが、魔法使いとしての質は前時代よりも格段に向上しておる。

それをこの一戦で実感することができたのう。

魔族と魔法を撃ち合って圧倒できたのじゃから。

魔法の威力は一定で、ステータスの上下で多少変動するだけ。

それが前時代の常識じゃった。

しかし、儂はあの方との出会いやその後の蜘蛛《くも》たちとの修行を経て、魔法の威力は増やせることを知った。

それに必要なのは魔力操作のスキルレベル。

それまで魔力操作のスキルは、魔法を発動させるのに必要なだけあればいいと思われておった。

しかし、魔力操作のスキルレベルを上げていけば、魔法の構築に手を加え、威力の底上げをすることができるということを儂は発表した。

これにより、魔法の理論は変わったのじゃ。

複数人で協力し、長い時間をかけて発動せねばならん大魔法を使わずとも、敵に致命の一撃を与えられる魔法。

敵の魔族の軍も魔法を主体としていたようじゃが、前時代的に大魔法を主軸にしていた。

それでは儂らには勝てぬ。

敵将と思われる見た目少年の魔族を、儂は威力を高めた長距離射撃の魔法で仕留めた。

あの魔族は自分が死んだことにも気づいていなかったじゃろう。

魔族の実年齢は見た目からはなかなかわからぬが、あそこまで幼い見た目なのじゃからそこそこ若かったんじゃろう。

軍の用兵にも経験の浅さが見えておったし、その推測は外れておらんじゃろ。

その若さで将に抜擢《ばってき》されておったんじゃから、才気溢《さいきあふ》れておったのだろうな。

惜しいことよ。

しかし、敵に容赦は無用。

儂も将として部下の命を預かっておる身じゃ。

悪く思うでないぞ。

しかし、冥福《めいふく》を祈るくらいは許されるじゃろう。

「こちらの被害は軽微です。かつてない大攻勢ということで戦々恐々としていたんですが、この調子であればこの砦《とりで》は守れそうですね」

「そうじゃな」

弟子が明るい顔でそう言ってくる。

実際敵の数は多かった。

魔法の撃ち合いは激しく、儂が鍛えた弟子たちが魔法の腕で前時代的な魔族を上回ったおかげで勝利することができたが、楽勝だったわけではない。

もしこのダーザロー砦にいるのが儂とその弟子たち以外であったならば、あの魔族の魔法の前に砦ごと潰《つぶ》されていたやもしれん。

儂らの勝利は巡り合わせがよかっただけにすぎん。

他の砦にもここと同じ規模の軍が差し向けられているのだとすれば、砦のいくつかは落とされるかもしれんな。

それに、どうにも胸騒ぎがして落ち着かん。

これは何かよくないことが起きる前兆なのではないかと、そう不安に思ってしまう。

「気を抜くでないぞ。相手は魔族。儂ら人族よりもステータスでは勝っている相手じゃ」

「！　そうでした」

勝利に浮かれていた弟子は儂の言葉で気を引き締め直した。

「負傷した者たちの治療を急げ」

「はい！」

てきぱきと動き出す弟子たち。

備えておかぬとな。

さて、この胸騒ぎが杞憂《きゆう》に終わってくれればいいんじゃが。

III
魔族軍第四軍
メラゾフィス
クニヒコ、アサカ

メラゾフィス戦のここがポイント！

白ちゃんの解説コーナー！

メラが攻めることになってる砦は見ての通り湖と森に挟まれてる！

湖と言うと水上戦の予感！

と、思うかもしれないけど、この世界、船の技術が発達してないのよねー。

だって水場は強力な魔物の住処になってることがほとんどだし。

海とかちょっと泳いでるだけで水龍がこんにちはしてくる魔境だもん。

湖はそれよかましだけど、船で乗り出すともれなく沈没させられます。

なにそれ怖い。

というわけで、湖とか両軍にとってただの進入禁止ゾーンにしかならん。

砦側は湖のほうは気にしないで、陸地にだけ注意を払えるっていう利点があるけどね。

ただ、湖の反対側にある森を迂回して砦の背後に回り込む、とかいう事態もあり得るから、砦側も油断するわけにはいかない。

地形の有利不利は両軍どっこいどっこい。

自力が試される場所だね。

その点メラは大丈夫っしょー。

クニヒコ

俺には前世の記憶ってもんがある。

地球って星の日本って国で生まれ育った記憶が。

そこじゃあ俺は高校生で、まあ、言っちゃなんだが平々凡々な野郎だった。

唯一普通じゃないことと言えば、幼馴染《おさななじみ》がいたことくらいか。

幼馴染の櫛谷麻香《くしたにあさか》、アサカとは、特別仲が良かったってわけじゃない。

つっても仲が悪かったわけじゃない。

どっちかって言えばよかったほう、か？

家が近所で幼稚園から中学校までずっと一緒で、特に示し合わせたわけでもないが高校も一緒で
おまけにクラスも一緒っていう。

要は腐れ縁だ。

朝、家にまで起こしに来てくれるわけじゃないし、登下校だって別に一緒にしてたわけじゃない。

ていうか俺が結構遅刻したりするから、朝会うことはあんまなかった。

たまに朝早く起きれて偶然ばったり出くわした時は一緒に行ったりもしたけど、その程度だ。

ただ、不思議なことに俺はたぶん将来こいつと結婚することになるんだろうなーと、漠然とそう
思ってた。

なんでだろうな、こいつなら言わなくてもわかってくれる安心感があるっていうか。

自分でも煮え切らないっていうのはわかってたし、いつまでも余裕ぶっこいてたら横からどこの馬の骨ともわかんねー奴《やつ》にかっさらわれるかもしんねーとは思ってた。

だけど、ずるずるとなあなあなまま幼馴染の関係で過ごしてたわけだ。

っていう幼馴染との関係以外は語るほどのもんがねえくらいには普通だった。

それに不満があったわけじゃない。

普通が一番とか言うしな。

けど、どっか物足りない気がしてたのも確かだ。

ここじゃないどっかで、思いっきり大冒険してみたい。

ゲームとかラノベみたいなワクワクする展開が欲しい。

ま、叶《かな》わない願望だってのはよくわかってる。

そんなの夢物語だってな。

……そのはずだったんだけどな。

気づいたらこの世界に転生してたわけだ。

ぶっちゃけ、死んだ記憶もなければ生まれ変わった直後の記憶も曖昧《あいまい》だったりする。

なんか微睡《まどろ》んでたような感じで、ふと気づいたら赤ん坊だった。

意識がはっきりした瞬間は「ほわ⁉」ってなったね。

だって前世の最後の記憶って、普通に古文の授業受けてただけなんだぜ？

死ぬ要素ねーじゃん。

そっからどうして死んだのか訳わかんねー。

いきなり赤ん坊だもんよ。

混乱するに決まってんだろーが。

まあ、混乱しても錯乱するまでにならなかったのは、隣にアサカが一緒に寝かされてたからだな。

あー、まあ、そうだ。

一緒のクラスにいた幼馴染のアサカ。

アサカもなぜか転生してて、今世でも幼馴染として隣にいたわけ。

姿かたち違ってて、っていうか赤ん坊なのに、なぜか一目見てアサカだってわかったんだよなー。

あとで聞いたらアサカも同じだったんだとよ。

そりゃ、びっくりしたね。

けどそれ以上に運命だと思ったわけよ。

神様がくっつけって言ってるんだって。

そういうわけで、前世では微妙な距離感だった俺らだけど、転生したことでぐっと近づいた。

アサカは前世のことが忘れられなくて、俺がいないと自分を見失いそうで不安だという。

俺もアサカがいたおかげで、冒険だ！　なんてのほほーんとしたこと言ってられたわけだしな。

生まれ変わったこの世界はファンタジーっぽいところで、魔物とか冒険者とかがいて、まさに前世の俺が憧《あこが》れたような世界だったからな。

将来は冒険者になって世界中旅してまわるのが夢だって公言してはばからなかった。

アサカがいなかったら俺もそんなこと言っていられたか、自信がねえ。

たった一人で見も知らぬ世界にいきなり放り出されていたら、って考えるとこえーよな。

アサカがいてくれてよかったぜ。マジで。

口が利けるようになって真っ先にしたことは、アサカへの告白だったからな。

「俺はお前がいないと生きていけない。だから将来結婚してくれ」

真昼間で母親たちの眼《め》がある中での堂々の告白。

公開告白だが、アサカはあの時のことを公開処刑だと語っている。

俺もあの時のことは性急すぎたと反省している。

見守っていた母親たちは生温い視線をよこしていた。

おませねー、ってな。

まあ、まさか中身は異世界の高校生だなんてわかってないんだからしょうがねえよな。

むしろ子供の告白ごっこくらいに見られてよかったのかもしれない。

アサカは恥ずかしがってたからなー。

告白の返事をその場でOKもらえたのは割と奇跡かもしれない。

前世でもいつかはちゃんと向き合わねーとなーって思ってて、けどきっかけがなくて宙ぶらりんだった関係。

まさか転生なんかしてそれが変わるなんて思ってなかったけど、ま、結果オーライってやつだろ。

きっかけとしちゃ、転生なんて劇的すぎるしな。

そういうわけで俺としちゃうまくいったし、転生すんのも悪くねーって思ってた。

アサカは俺とは違ってだいぶ未練があったみたいで、前世のことを思い出して泣いてることが多かったけどな。

そういう時はそばにいて黙って慰めてた。

そりゃ、俺みたいに割り切れるほうが変だろうからな。

つってもしっかり者のアサカのことだから、徐々に落ち込むことはなくなっていった。

……落ち込んでる時のアサカは結構素直に甘えてきたからかわいかったんだけどなー。

アサカが立ち直ったのはよかったんだけど、ちょっと残念だ。

憧れのファンタジー世界に転生して、幼馴染と無事結婚の約束して。

なんていうか未来は明るい感じ？

将来はアサカと一緒に世界を旅してまわって、きっとすげー楽しい毎日が待ってる。

そう信じて疑ってなかった。

……あの日が訪れるまでは。


「おーおー。いるいる」

「クニヒコ。なんでちょっと嬉《うれ》しそうなのよ？」

砦の上から敵軍を見下ろす俺に、アサカがちょっと嫌そうな感じで言ってきた。

「だってよお。見ろよあれ？　すごくね？」

俺が指差す先には魔族の大軍。

この世界、どころか地球でもなかなかお目にかかれないだろう数の、武装した軍隊がこの砦目指して進軍してきている。

「超壮観」

「その感想はわからなくもないけど、それとこれから戦わなきゃいけないのよ？」

盛大に溜息《ためいき》を吐くアサカ。

魔族が軍を組織して攻めてくる。

ここ最近まことしやかにささやかれていた噂《うわさ》は、冒険者ギルドが戦争に参戦してくれる冒険者を集めだしたことで、噂じゃなくて真実になった。

しかもBランク以上の冒険者は強制参加ときた。

C以下の冒険者は自主申告で参加不参加を決められたが、ギルドはできる限り参加してほしいって言ってたらしい。

俺とアサカはAランクの冒険者だから強制参加だ。

高ランクの冒険者を惜しげもなく参加させて、普段は周辺の魔物対策を担ってる中堅の冒険者たちまで駆り出そうとしてる。

それは一時的にその場所の安全性を下げることになるんだが、そうしなきゃならねえくらい今回の戦争はやばいってことなんだろうな。

兵や冒険者の輸送のために、普段は一般に開放されていない転移陣を惜しげもなく使ってるのがそのいい証拠。

っていうのは、全部アサカの受け売りなんだけどな。

俺はそんな小難しいこと考えずに、依頼通り魔族と戦うだけだ。

「へっ！　俺とアサカなら数がいくらいようとどうってことねえさ」

「クニヒコ。調子に乗らないの」

アサカに溜息を吐《つ》かれるが、そう言うアサカ自身も気負った様子はない。

同じ場所に集められた冒険者たちは緊張している奴らが多い。

魔族は人族よりもステータスが高いと言われてるし、それがあんだけの数攻めてきてんだから、そりゃそうなるよな。

そもそも、魔族はもう何年も攻めてきていなかったらしい。

その前までは年がら年中小競り合いをしていたらしいが、それもぱったり止《や》んで、実際に魔族と戦ったことがあるのはご年配の爺《じい》さんくらいだ。

つまり、俺やアサカみたいな若造だけじゃなく、ほとんどの人族にとって魔族との戦いは初となる。

冒険者が普段戦うのは魔物だし、たまに盗賊だとかと戦うこともあるけど、こういう戦争っていうのは経験にない。

しかも普段パーティーを組んでる連中以外とはろくに連携しない冒険者を、こんだけ集めて組織的に動かせるかって言えば、無理だろ。

俺らそんな訓練受けてねーもん。

ないない尽くし。

んでもって、それはこっちの軍のお偉いさんもわかってんのか、俺ら冒険者は基本好き勝手にしてくれってよ。

俺らは砦《とりで》の防備の端のほうに集められて、真正面はちゃんと訓練を受けた兵士たちが受け持つんだそうだ。

で、俺らはこの場を守るもよし。

遊撃として打って出てもよし。

ただし無茶して死んでも自己責任な！

ってこった。

無茶しなくても、相手の数が数だけに多くの人が死ぬだろう。

だからみんな緊張してる。

緊張してないのは己の力に自信を持ってる俺やアサカみたいなのか、修羅場に慣れてる古強者か。

「クニヒコ、アサカ」

名前を呼ばれて振り返る。

「師匠、ちゃーっす」

「お久しぶりです」

「おう。にしても、クニヒコお前、緊張感ねえなあ。いいんだか悪いんだか」

呼ばれる前から気配でわかっちゃいたが、そこにいたのは案の定、冒険者の師匠のゴトーさんだった。

ゴトーさんはAランクの冒険者で、俺とアサカがガキの頃《ころ》から何かと面倒を見てくれてた恩人だ。

俺とアサカが冒険者になるにあたって、基礎を教えてくれたのもこの人だ。

「お前らの噂、俺のとこまで届いてるぞ。Sランクも間近だって？」

「ええ。あとは年数だけなので」

「どうよ」

「この間までこんなちっさかったくせに。あっという間に抜かされちまったなぁ」

ゴトーさんがしみじみとおっさんくさいことを言ってる。

俺とアサカは冒険者として世界中を旅してまわり、難しい依頼をこなしてきた。

おかげでランクはAにまで上がり、すでにSの資格も活動年数以外満たしている。

あともうちょっと冒険者として活動すれば、自動でSランクに昇格だ。

Aランクのゴトーさんよりも名実ともに上になる。が。

「ゴトーさんだってその気になりゃSランクに上がれるだろ」

ゴトーさんは冒険者の中でも相当強い。

世界中を旅してまわった俺が言うんだから間違いない。

時には現役のSランク冒険者と会うこともあったが、ぶっちゃけ俺とアサカのほうが強かった。

んでもって、ゴトーさんもSランク冒険者に引けはとらない。

魔剣の力を加味すれば、むしろSランクの中でも上位に位置するだろう。

ゴトーさんの二つ名は雷剣。

その二つ名が示す通り、雷の力を帯びた魔剣を所持している。

この魔剣がとんでもない代物で、放たれる雷の威力は大魔法並とも言われるほどだ。

ただ、いいことばっかじゃなく、ゴトーさんのことを「剣の力に頼ってAランクになった」とか吹聴する連中もいる。

ゴトーさんがAランクになったのは魔剣を手に入れる前の話だっつーの！

「俺の力はこいつのおかげだからなぁ。Sランクは荷が重い」

ゴトーさんは腰に佩《は》いた魔剣をポンポンと叩《たた》きながら言う。

ゴトーさんもゴトーさんで謙遜《けんそん》してそんなこと言うから、やっかみを買うんだ。

「それに、俺は地元でしか活動する気はないからな。Aランクで十分なのさ」

「ゴトーさんがそれでいいってんなら、俺が口出しすることじゃねえだろうけどなー」

納得いかない俺に、ゴトーさんが苦笑する。

「そういえば、ゴトーさん。地元というならオークン砦のほうが近いんじゃないですか？」

そういえばそうだな。

アサカの疑問も尤《もっと》もで、今いる砦はゴトーさんの地元である魔の山脈の麓《ふもと》から離れている。

魔の山脈に最も近いのは別のオークン砦というところだ。

ゴトーさんが行くならそっちだろう。

今回の魔族は、人族領と接する全部の砦に同時に攻めてきてるらしいからな。

「んー。普通ならそうなんだが……」

ゴトーさんは少し言いよどんでから周りを見回し、声を潜めて続けた。

「ここだけの話な。腕の立つ冒険者はここに多く集められてんだよ。ほれ」

ゴトーさんは視線を冒険者の数人に向ける。

ゴトーさんの視線の先にいたのはどいつもこいつも二つ名をもらってるような、有名どころの一流冒険者たちだった。

「なんでまた？」

「……ここの兵士が弱いからだよ」

ゴトーさんは声を潜めてうんざりしたように続けた。

「ここの砦の責任者は、地位だけで将軍になったようなぼんくらだ。で、その下にいる兵士が精強なわけないよな？　だから、その不足分を補うために腕の立つ冒険者を多めに派遣したってわけだ」

「はあ？　なんだそりゃ？」

思わず呆《あき》れ返《かえ》った声が出ちまったぜ。

「帝国って実力主義の国じゃなかったっけ？　なんでそんな無能が将軍になれるんだよ？」

「昔は魔族の脅威に対して一致団結してたらしいんだがなあ。その脅威がなくなったせいで身内でいろいろあったみたいだぞ」

俺もアサカも呆れを隠さず溜息を吐《つ》く。

「特にヴィコウ家の衰退がまずかった。跡取り一家と当主が次々に亡くなられたからなあ。あそこが健在ならもうちょっとましだったんだろうが……」

「……ずいぶん詳しいんですね」

帝国の内情を語るゴトーさんに、アサカが疑わし気な視線を向ける。

「別に詳しくはないさ。知ろうと思わなくても知れてしまう。本来なら知れないはずの内情が筒抜けになってるっていうのが、どれだけ帝国の内部がガタガタになってるのかっていうのを物語ってるわけよ」

嫌そうな顔をしながら肩をすくめるゴトーさん。

「そのガタガタのしわ寄せがここに来てるってのがなぁ」

そう言ってゴトーさんは魔族軍のほうを見る。

「だがまあ、この配置は悪くない」

「そうなのか?」

「ああ。言ったろ? ここの将軍はぼんくらだって。最悪俺ら冒険者は使い捨てにされてもおかしくなかった。魔族軍の相手してる最中に後ろから撃たれるみたいな感じでな。邪魔者扱いされて端に寄せられただけなんだから、まだましなほうさ」

「うへえ」

思わずそんな声が漏れちまった。

つまりは、そうなっててもおかしくないくらいにはここの将軍ってのは無能ってことだろ? そんな奴の命令を聞かなくていいってのは確かに悪くねーな。

冒険者は一応指揮下に入っちゃいるが、命令を聞く必要はないことになってる。冒険者は自由にやらせたほうがいいって判断らしい。

「だが、ゴトーさんの言う将軍にそういう判断ができるとは思えねーんだけど?」

「ああ、そりゃ、副官のほうが有能でそう取り計らってくれたからだな」

俺の疑問はゴトーさんの説明で氷解した。

なんでもその副官は将軍とは縁もゆかりもない、宮廷魔導士からの派遣らしい。そっちはきちんと優秀な人物なので、実質ここのトップはその人なんだとさ。

ただ、形式上トップは将軍なので、その人もできることが限られて苦労してるらしい。

「なんでゴトーさんがそんなこと知ってるんですか?」

「いやー。実はその子と知り合いでさー。昨日飲みつつこの将軍の無能っぷりを散々愚痴られちやってな」

「そんなことだろうと思いました。何が知ろうとしなくても知れる、ですか。ちゃっかりお偉いさんと懇意にして」

アサカが呆れたようにゴトーさんを見つめる。

「しかも、その子ってことは、女性ですか？」

「え⁉　もしかしてゴトーさんのいい人⁉」

「はあ⁉　いやいや！　違う違う！」

いい年こいて独り身のゴトーさんについに春が⁉　と思ったけど違うらしい。

まー、ゴトーさん年も年だし結婚は諦《あきら》めてる節あるしな。

「彼女は俺から見ると子供みたいなもんだ。もうこの年になると結婚とか考えられんよ。お前さんたちみたいに若いころから将来の相手が決まってればなーと羨《うらや》ましい気持ちはあるけどな」

なんて、生温かい目で俺とアサカを交互に見る。

どこからか舌打ちの音が聞こえてきた。

開戦前の殺伐とした空気の中で、談笑してる俺らが浮いてるのは自覚してたが、ついに彼女のいない冒険者の機嫌を損ねてしまったらしい。

見れば、少なくない冒険者たちがこっちのことを迷惑そうに見ていた。

さすがにこれ以上談笑していたらいちゃもんの一つでもつけられそうだ。

しょうがないから大人しく黙ることにする。

「ん？」

が、俺たちに向けられた視線の中に、他とは毛色の異なるものが一つ。

その視線をたどってみれば、そこにいたのはローブ姿の小さい子供だった。

フードですっぽりと頭を隠しているので顔は見えないが、身長含めた体格から考えて明らかに子供だ。

なんであんな子供がこんなところに？

「おい、ありゃやばくないか？」

湧《わ》き上がった疑問は、直後に呆気《あっけ》にとられたようなゴトーさんの声でかき消された。

「おいおいおい」

思わず焦った声が出てしまった。

それだけその時起こった出来事は、異常事態だった。

唖然《あぜん》としているのは俺たちだけじゃない。

この場にいるほぼすべての人間が口を半開きにして呆然《ぼうぜん》とそれを見つめていた。

それはたとえるなら、巨大な槍《やり》だ。

漆黒の槍が魔族軍の中に突如出現していた。

「闇槍⁉　いや違う！　暗黒槍か⁉」

暗黒槍って、そりゃ闇魔法の上位、暗黒魔法の一つじゃねえか⁉

大魔法じゃねえか⁉

いや、それにしたってあの尋常じゃねえでかさと、感じられる圧力は⁉

「アサカ！」

俺が叫び、行動したのと、巨大な暗黒槍が砦《とりで》に向けて放たれたのはほぼ同時。

俺は腰に佩いていた魔剣を抜き、思いっきり魔力を注ぎ込んでその力を解き放った。

俺の魔剣はゴトーさんの魔剣と同じ、雷の力を持っている。

以前俺たちが討伐した雷龍、その素材から作られた刀を模した魔剣だ。

そして、アサカも同時に魔法を発動していた。

アサカの杖《つえ》は俺の魔剣と同じく、以前討伐した風龍の素材で作られている。

風の魔法を強化する効果のある魔杖だ。

俺の放った雷撃と、アサカの放った風の魔法が暗黒槍とぶつかり合う。

いや、それだけじゃなくて砦の別方向から迎撃の、たぶん光魔法の光線も暗黒槍にぶつかっていた。

轟音《ごうおん》。

三つの攻撃で迎撃された暗黒槍は、しかし相殺には至らなかった。

俺がいる位置からは、砦の正面の壁が大きく破壊されたその瞬間がよく見えた。

横幅にして10メートルくらいだろうか?

砦の壁が崩されてしまっている。

「なんてこった……」

ゴトーさんの呟《つぶや》き。

被害は、砦の規模から言えば軽微だ。

砦の壁は一枚だけではなく、何重にもある。

だから、多少傷ついたところで、その壁を放棄して手前の壁に避難すればまだ戦える。

だが、その壁を守りに使って、相手に一方的にダメージを与えるという作戦はできなくなった。

なんせ、敵はこっちの射程外にいるのだ。

普通、魔法はそんな遠くまで飛ばせねえ。

その常識を無視して飛んできた、さっきの暗黒槍が異常なんだ。

しかも、それはこっちが迎撃に放った三つの攻撃をかき消して、なお砦にダメージを与えた。

俺とアサカ、それと見ず知らずのもう一人が迎撃していなければ、砦のダメージはもっと大きかったはずだ。

あんなもんが何度も飛んできたら？

こっちは為《な》す術もなく一方的にやられちまう。

「打って出るしかねえ」

敵はこっちの射程外。

だっつうのに敵は射程内。

なら、打って出て距離を詰めるしかねえ。

静まり返っていたから、俺の声はやけに響いた。

「打って出るって、正気か？」

さっき舌打ちした冒険者が顔を青ざめさせながら言ってきた。

「お前、さっきのあれ見ただろ⁉　あんなもんどうしようもねえよ⁉」

「それをどうにかするために打って出るんだろうが！」

弱気になった冒険者に俺は大声で反論する。

「行くぞ！　ついて来れる奴《やつ》だけついて来い！」

俺は叫び、砦から飛び出す。

冒険者のほとんどはビビっちまっていた。

ついて来れる奴はついて来いなんて言ったが、ついて来れる奴は多分ほとんどいないだろう。

でもそれでいい。

隣にアサカがいれば、それだけで十分だ。

「……ちょっと、甘く見てたかもね」

「だな」

アサカと二人、走りながら会話する。

俺とアサカは、強い。

冒険者として活動し始めてから死にそうな目にあったのは、それこそ雷龍と風龍と戦った時ぐらいのもんで、それ以外は危なげなく勝ててきた。

だから、魔族との戦争でも気負いはなかった。

雷龍や風龍ほどの脅威じゃねえだろって。

最悪負けるにしても俺とアサカだけなら生き残れるだろうと高をくっていた。

だが、さっきの暗黒槍を見て、認識を改めなければならなくなった。

もしかしたら、生きて帰れねえかもしれない。

だが、ここで俺とアサカが逃げれば、その時点で人族の敗北が確定するだろう。

そいつはさすがに後味が悪いだろ。

だから、やれるとこまでやってやろうじゃねえか。

前に見えてきた魔族の軍団。

突っ込んでくる俺たちを迎え撃とうと、槍を構えている。

「おっ、らあああああ！」

かまわず突っ込みながら、魔剣の力を発動させ、周囲に雷を落とす。

迸《ほとばし》る雷が多くの魔族を焼き焦がし、吹っ飛ばす。

さらにアサカの風の魔法が残った魔族を一掃する。

この世界では、ステータスの高さで一騎当千の力を発揮することができる。

そして俺とアサカは人族の限界を大きく超えていると思う。

英雄と呼ばれるような人族のステータスが、だいたい千くらい。

俺とアサカのステータスは、その倍以上だ。

魔族のステータスは人族より高いと言われてるが、見た感じ俺らからすれば誤差の範囲。

十分戦える！

となれば、さっきの暗黒槍はかなり大人数で連携して発動させたのか？

……いや。

連携で発動するにしても、魔法は全員がその魔法を発動できるスキルを持っていて、そのスキルレベルに到達していなければならないはずだ。

暗黒槍は闇魔法の上位の暗黒魔法。

闇魔法自体が習得には影魔法を極めなければならないことを考えれば、そのさらに上位の暗黒魔法を習得するのは並大抵のことじゃない。

そんなのを習得した術者が大量にいるわけない。

だとしたら、どうなるんだ？

「うっ、りゃあああああ！」

嫌な予感を覚えつつも、今はとにかくがむしゃらに敵をなぎ倒しながら前進していく。

別の場所で同じような雷が落ちるのが、音でわかった。

ゴトーさんも俺とアサカに遅れながら、参戦したらしい。

他の冒険者も俺らの奮戦に触発されて戦う気になるかもしんねえ。

ここが踏ん張りどころだ。

なんとしてでも、二発目の暗黒槍が放たれる前に、術者を潰《つぶ》す！

そう意気込んだ瞬間、敵軍の奥で膨れ上がる魔力。

そして現れる巨大な漆黒の槍。

「クニヒコ！」

「わかってる！」

やらせるかよ！

へ！　わざわざそんなでかい目印つけてくれてありがとよ！

「いっ、けえええええ！」

魔剣の雷を、暗黒槍のあるほうに向けて一直線に放つ。

間にいた魔族たちを跡形もなく消し飛ばしながら突き進んだ雷は、暗黒槍の根本らへんで閃光《せんこう》となって消えた。

同時に暗黒槍も放たれることなく空中に溶けるように消えていく。

やったぜ！

と、にやりと笑うが、勝利を確信するにはちょぃと早かったらしい。

すぐに笑みを引っ込めて表情を引き締める。

俺の渾身《こんしん》の一撃を受けて、しかし、そいつは平然とそこに立っていた。

「マジかよ」

呟いたその言葉の意味は、いろいろなものが含まれていた。

俺の一撃を無傷で耐えきったことに対する驚き。

あの暗黒槍が複数の術者の連携ではなく、たった一人によって発動されていたらしいことに対する戦慄《せんりつ》。

そして何よりも、その男自身に、俺は見覚えがあった。

ああ、忘れるはずもない。

ガキの頃《ころ》、いつまでも楽しい日々が続いていくと信じて疑っていなかった俺に、この世の地獄を見せつけてきた元凶。

生まれ育った部族を、たった一人で壊滅させた、その男。

「こんなところで会うなんてなあ！　メラゾフィス！」

片時も忘れたことのなかった仇《かたき》が、そこにいた。

アサカ

化物というのは実在するんだな。

妙な感心をしちゃったのは、きっと現実逃避のため。


あたしとクニヒコは、特別な存在だ。

そんなことを言えば自意識過剰だと思われるかもしれないけど、この世界の普通の人たちに比べて優れているのは確かだと思う。

クニヒコ曰《いわ》く、異世界転生したらチート能力を持つのはよくある話、らしい。

クニヒコが言ってるのは創作の中の話だから眉唾《まゆつば》だけど、実際あたしたちにはそういった能力があるのも事実だから、何とも言い難い。

なんだかそういう創作の中のお約束を順守している、させられているようで気持ち悪い。

けど、そのおかげでいろいろと助かったのも事実で、内心ちょっと複雑。

冒険者としてどんどん強くなったあたしたちは、それこそ物語の成功譚みたいにトントン拍子で稼ぎも名声も得てきた。

冒険者としての最高峰、Sランクも確実。

Sランクになれば国によっては下手《へた》な貴族よりも重宝される。

というか、永住しようと思えばそれこそその国から爵位がもらえてもおかしくない。

そうなれば一生安泰。

冒険者としての力を頼りにされることはあるだろうけど、雷龍や風龍みたいにとんでもない魔物と戦うことはそうないはず。

魔物にも等級があって、雷龍や風龍はSランクで、その上にさらに人の手には負えない神話級なんてのもいるらしい。

でも、そういう魔物が暴れることはそうそうない。

そんな魔物が頻繁に暴れてたら、この世界から人族はとっくの昔に滅んでると思う。

だから、そういう魔物がいる秘境とかに無茶して踏み入れなければ、今のあたしたちならまず死ぬことはないだろうと思ってた。

そのくらいにはあたしもクニヒコも強くなってたから。

あたしはよく人から計画的とか堅実とか言われる。

クールだとか大人びてるだとかも。

でも、あたし自身はそう思わない。

あたしはただひたすら面倒ごとが嫌いなだけのものぐさというのが正解。

計画的なのも堅実なのも、できるだけ面倒な無駄を省きたいから。

クールだとか大人びてるだとかも、いちいち感情を上下させるのが面倒で、当たり障りのない付き合いをしてるせい。

だから、冒険者なんて危険で安定しない職業、あたしはやだ。

それでも冒険者をやっているのは、ひとえにクニヒコに合わせてるから。

感情を荒らげるのが面倒なあたしでも、転生したり故郷を滅ぼされたりしたのは、さすがにくるものがあった。

それをそばで支えてくれたのが、クニヒコだった。

クニヒコがいなかったら、あたしはきっと立ち直れなかった。

その恩もあるし、あたしはクニヒコと一緒にいたい。

だから、やりたくなくてもクニヒコのために冒険者になったんだから。

クニヒコのためなら大抵のことは我慢できる。

……我ながらものすごい惚《ほ》れっぷり。

ちょっと前世の頃では考えられない。

前世の頃のあたしとクニヒコの関係は、恋人未満のただの幼馴染《おさななじみ》だったし。

将来はこいつと結婚するかもなーとは当時から思ってたけど、こんなに惚れこむなんて考えてもみなかった。

だから、危なっかしいクニヒコのために、あたしは堅実に計画を立てた。

冒険者になってから、基礎をおろそかにしないようにゴトーさんにいろいろ教えてもらったり。

必需品の管理をしたり、依頼の精査をしたり、次の目的地選びをしたり。

全部全部クニヒコのため。

そして、この戦争に参加したのも、クニヒコのため。

もちろんBランク以上の冒険者は強制参加だったたっていうのもあるけど、それを躱《かわ》す方法がなかったわけじゃない。

本当に面倒だと思えば、ズルをして不参加にすることだってできた。

それをしなかったのは、この戦争にある男が参加するだろうと見越していたから。

その男の名前は、メラゾフィス。

あたしとクニヒコの部族を壊滅させた、魔族。

クニヒコは、いつかメラゾフィスを倒すことを目標にしている。

言葉にしなくてもわかる。

冒険者としてもう十分すぎるほど強くなったクニヒコが、それでも鍛錬を怠らないのは、あの日の屈辱を晴らすためだって。

部族が壊滅したあの日、何もできずにただ情けをかけられて見逃された、その屈辱を。

実際に戦争に参加したからって、都合よくメラゾフィスと出会えるかはわからない。

でも、部族をたった一人で壊滅させるだけの力を持ったあの男は、きっと魔族の中でもそれなりの地位にいるはず。

だったら大きな戦いには指揮官として出てくるかもしれない。

逆に言えば、大きな戦いでもなければそうそう出てこないかもしれない。

だから、数少ないチャンスに賭《か》けてみるのも悪くないと思った。


その判断を、今はものすごく後悔している。

クニヒコの顔面すれすれを、剣が貫く。

あとわずかでもクニヒコが顔を背けるのが遅かったら、その剣はクニヒコの頭を貫いていただろう。

そう思うと肝が冷える。

さっきから動きっぱなしで体は熱いのに、それに反して肝はどんどん冷えていく。

クニヒコとメラゾフィスが激しく剣戟を繰り広げる。

メラゾフィスの剣が振るわれるたびに、あたしはクニヒコが切り裂かれるのではないかとひやひやしっぱなしだ。

息が上がって熱い。

だというのに凍えるほど寒い。

怖い。

こんなに怖いと感じるのは、雷龍と風龍と戦った時でもない。

雷龍や風龍と戦った時も今と同じくらい必死だったけど、あの時とは全く違うものがある。

それは、相手の強い意志。

雷龍も風龍も野生の魔物だった。

生存本能に突《つ》き動かされて、殺されまいと抗《あらが》う意思は見せたけど、それはあくまで動物として当たり前のこと。

メラゾフィスはそれとは違う。

絶対に負けない。

殺されてやるつもりは毛頭ない。

そんな声なき声が聞こえてきそうな気迫。

雷龍や風龍にはなかった、その目に宿した意志の力が、クニヒコの死を連想させて怖い。

あたしはメラゾフィスがどういった人物なのか知らない。

でも、この戦いの中だけでもわかることがある。

メラゾフィスは、強い。

強すぎる。

ステータスもさることながら、その戦いぶりから、彼がどれほどの修練を積んできたのかがわかる。

教本通りのような綺麗《きれい》な太刀筋は、幾度もその動作を繰り返してきたことがうかがえる。

あたしとクニヒコもゴトーさんにやらされた素振り。

きっとこの男は、あたしたちよりももっとずっと多くの回数、剣を振り続けている。

あたしたちはクニヒコ曰くの転生チートのおかげで、人よりもステータスが高い。

だからこそ、そのステータスに技術がついていかなくて悩んでる。

けど、メラゾフィスは逆。

ただひたすらに磨き抜かれた技術に追いつこうと、ステータスが上がっていったタイプだ。

基礎があたしたちとは違う。

あたしたちもステータスの高さに胡坐《あぐら》をかいていたら、いつか足をすくわれると思って基礎をおろそかにはしなかった。

ゴトーさんにそこらへんはみっちりと鍛えてもらった。

けど、メラゾフィスのそれは年季が違う。

魔族は人族よりも長命とは言うけど、いったいどれほどの長い年月修練を積めばこの領域にたどり着けるのか、あたしには想像できない。

雷龍や風龍はそのステータスの高さと属性のブレスや魔法などによる広範囲攻撃が厄介だったけど、メラゾフィスはそれとはまったくの別物。

純粋なステータスの高さだったら雷龍や風龍のほうが上かもしれないけど、厄介さでは圧倒的にメラゾフィスのほうが上だ。

現に、あたしたちはメラゾフィスに一撃たりとも有効打を与えられていない。

魔法を構築。

限界を超えた力を振り絞って最速で魔法を連打しているせいで、脳のあたりがチリチリとした痛みを発している。

それを無視して魔法を放つ。

風の弾丸がメラゾフィスに襲い掛かる。

雷龍にもダメージを与えたその魔法は、しかしメラゾフィスが迎撃に放った闇《やみ》の魔法に相殺されてしまう。

魔法と魔法がぶつかり合う、その一瞬、クニヒコがメラゾフィスの胴を狙《ねら》って横なぎの一撃を繰り出す。

それも、メラゾフィスは難なく剣でガードしてしまった。

さっきからあたしたちはずっと猛攻を繰り返している。

クニヒコが刀とその魔剣の能力である雷で攻め、あたしが魔法で攻め。

その二人がかりの攻めを、メラゾフィスは的確にさばいていく。

クニヒコの刀を剣で防ぎ、あるいは避け、雷やあたしの風の魔法は闇の魔法で相殺。

こっちは頭痛をこらえて魔法を連打しているというのに、メラゾフィスは涼しい顔でそれについてくる。

クニヒコと接近戦をこなしながら。

一人で二人分以上のことを同時にこなしている。

見た目は普通の人間なのに、龍以上の化物にしか見えない。

雷龍や風龍と戦った時も死闘だった。

でも、こんなに敗色が濃厚ではなかった。

あたしたちの攻撃でちゃんとダメージを与えられていたから、どっちが先に力尽きるかという戦いだった。

それが、今はダメージすら与えられていない。

息が上がる。

激しく動き回るクニヒコとメラゾフィスに合わせ、あたしも立ち位置を変えなければならない。

さっきから走りっぱなし。

魔法も撃った先から次の魔法を構築し続けなければならない。

頭も痛いし足も痛い。

苦しい。

気合だけで戦ってるような状況で、いつ疲労が限界を超えてもおかしくない。

あたしも、クニヒコも。

クニヒコも相当息が上がっているし、滝のように汗をかいている。

対するメラゾフィスは、涼しい表情。

疲れがあるようには見えない。

やせ我慢なのだとしても、少なくともこっちより余裕があるのは間違いない。

あたしかクニヒコか、どっちかが疲労で限界を迎えれば、この均衡はあっさり崩れる。

それに……。

「っ⁉」

闇の魔法があたしの顔のすぐ近くをかすめていった。

もちろん、メラゾフィスが放ったものだ。

そして、クニヒコに向かって剣が振り下ろされる。

「ぐぎ！」

クニヒコはそれを刀で受け止めるけど、鍔《つば》迫《ぜ》り合《あ》いで力負けしている。

慌てて二人の間に割って入るよう風魔法を放つ。

メラゾフィスは無理をせず後退し、事なきを得た。

二人がかりで攻めに攻めているのに、メラゾフィスは防戦一方になってるわけじゃない。

こっちの攻撃をしっかりと防ぎながら、反撃もしてくる。

気を抜けば一瞬でやられる。

疲労で倒れるのが先か、普通にやられるのが先か。

これだけ攻めて崩れる様子が全くないメラゾフィスに対して、勝てるビジョンが全く浮かばない。

負けるビジョンだけしか見えない。

どうしよう？

焦る。

まだ何とか踏ん張れる。

でも、このまま続けてても負けは見えてる。

かといって、こんな化物を野放しにすれば、それこそ人族に勝ち目はなくなる。

メラゾフィスの強さは一騎当千。

一人だけで軍を蹂躙《じゅうりん》することができる。

頭の中で素早く計算する。

……人族と、クニヒコとあたしの命、天秤《てんびん》にかけるまでもない。

正直、人族の命運だとか、あたしはあんまり興味ない。

ここで命を賭けてまでメラゾフィスの足止めをする意味があるかと言われると、ない。

だったら、逃げるのが得策。

問題は、メラゾフィスがあっさりあたしたちを逃がしてくれるかっていうこと。

はっきり言うと、難しい。

よほど大きな隙を作らないと、背を向けた瞬間やられる。

でも、メラゾフィスの隙をどうやって作る？

そもそも、普通に戦ってて一撃も当てられていないのに、隙を作るなんてできるの？

無理だ。

どう考えても手が足りない。

こっちは限界いっぱいいっぱいなんだから。

何か、あともう一手あれば……。

その時、メラゾフィスが不意に大きく上体を反らせた。

その一瞬後にさっきまでメラゾフィスの上体があった場所を光線が通過していく。

今のは？

魔法？

チラッと魔法が飛んできた方向を見る。

視界の範囲内にそれらしき術者はいない。

砦《とりで》の方向から飛んできたけど、まさか砦から？

砦からここまではそれなりの距離がある。

もし砦から狙撃したんだとすれば、相当な魔法の使い手だ。

しかも、狙撃は一回だけじゃなく、その後も続く。

激しく動き回るメラゾフィスだけを狙《ねら》って。

クニヒコと打ち合っているメラゾフィスだけを、超遠距離からの狙撃で狙えるなんて、すごい。

あたしにはまねできない。

足りてなかった一手。

でも！

クニヒコの斬撃、あたしの風魔法、魔法の狙撃、その三つを、メラゾフィスは防いで見せていた。

強い。

強すぎる！

魔法の狙撃が加わったことで、メラゾフィスからの反撃の頻度は減った。

だからこっちはさらに攻勢に出られている。

だというのに、突《つ》き崩せない。

むしろ、この攻める手を緩めてしまえば、一気に瓦解《がかい》させられてしまうという確信がある。

薄氷の上でダンスを踊っているかのような気分。

確かに一手増えた。

でも、まだ足りない。


「む⁉」

その時、メラゾフィスの背に風の魔法が直撃した。

あたしの放ったものじゃない。

別の人、ローブを着た子供？

その子がメラゾフィスの背後から風の魔法を食らわせていた。

その子が風の魔法をさらに加える。

味方っぽい。

それなら子供だろうとなんだろうとかまわない。

それに、見た目は子供だけど、その風の魔法は十分な威力と速度がある。

直撃してもメラゾフィスに大したダメージはなさそうだけど、直撃したという事実が今は重要。

だって、さっきまではこっちの攻撃は全部かすりさえしてなかったんだから。

メラゾフィスでも避けきれなくなったということ。

四人がかりでやっと、勝負の土俵に立てた。

直撃しても大したダメージを与えられてない時点で、依然敗色は濃厚だけど、それでもさっきよ
り状況はよくなった。

ここしかない。

あたしはそう判断し、ずっと連射し続けていた魔法を一時中断。

大技を使うべく精神を集中させる。

それを察知したメラゾフィスがあたしに向けて魔法を使って来ようとする。

「ふっ！」

それを、クニヒコが一歩踏み込んで切りつけ、止める。

メラゾフィスはそれを剣でガード。

同時に、魔法の狙撃と子供の風魔法がメラゾフィスに襲い掛かる。

「……」

メラゾフィスが一瞬だけ顔を顰《しか》めた。

あたしに向けていた魔法を迎撃に使えば、狙撃も風魔法も相殺できる。

今までそうしてきたのだから、できないはずがない。

けど、メラゾフィスはそうしなかった。

狙撃と風魔法をあえてその身に受け、闇《やみ》の魔法を迎撃ではなく、あたしへの攻撃に使ってきた。

「⁉」

狙撃がメラゾフィスの胸に直撃し、風魔法がその後頭部を殴打する。

そして、闇の槍《やり》があたしの腹部を貫通した。

けど！

魔法の構築は完成した！

痛みをこらえながら、魔法を発動させる。

嵐天魔法、龍風！

発生した竜巻がメラゾフィスを飲み込む。

「くっ！」

さすがのメラゾフィスも、本来だったら広域殲滅《せんめつ》タイプの龍風を避けきることはできなかった。

そして、龍風は本来なら一人では発動できない極大魔法。

大魔法を超えるものであり、その威力は龍さえ仕留める。

雷龍を仕留めたのもこの魔法なんだから。

さすがのメラゾフィスもこれをくらえば……。

「せいっ！」

裂帛《れっぱく》の気合。

剣閃。

たったそれだけで、あたしの渾身《こんしん》の魔法が霧散する。

嘘《うそ》……、でしょ……？

さすがに無傷とはいかないけど、メラゾフィスはしっかりと地に足をついて立っていた。

龍風を受ける直前に胸を狙撃され、後頭部を殴打されているにもかかわらず、そのダメージもないように見える。

どれだけステータスが高ければそうなるのよ……。

詰んだ。

「ああああああ！」

そうあたしが思った時、クニヒコがメラゾフィスに切りかかった。

メラゾフィスは咄嗟《とっさ》に反応しようとする。

けど、その手に狙撃が突き刺さり、風の魔法が動きを阻害する。

そして、クニヒコ渾身の一撃がメラゾフィスの肩に振り下ろされた。

「っ！」

しかし、本来袈裟《けさ》斬りに振り抜かれるはずの刀は、メラゾフィスの肩にめり込んだあたりで停止していた。

純粋なステータスの高さによる防御力。

それを突破できなかったのだ。

メラゾフィスが剣を振り、クニヒコを吹き飛ばす。

メラゾフィスはそうしてから肩に手を当てた。

「撤退！」

そして、大音声でそれだけ叫ぶと、あたしたちに背を向けて走って行ってしまった。

見事なまでの鮮やかな引き際だった。

余裕すら感じさせるほどの。

クニヒコはその背中を呆然《ぼうぜん》と見送っていた。

そして、ハッとなったようにあたしのほうに駆け寄ってくる。

「アサカ！」

「ん。大丈夫」

「大丈夫なわけあるか！」

あたしは今、地面に仰向けに倒れている。

メラゾフィスの闇魔法は、あたしのお腹《なか》を直撃していた。

たぶん、貫通して大穴あけられてる。

クニヒコが慌てて回復薬を取り出して振りかけてくる。

染みる。

「死ぬな！　死ぬなよ！」

「大丈夫。たぶん死にはしない」

強がりでもなんでもなく、感覚的にたぶん死にはしないと思う。

ステータスっていうのは偉大だ。

普通だったらこんなお腹に大穴あけられたら死んでる。

でも、HP自動再生のスキルと、さっきから自分でかけ続けてる治療魔法のおかげで、死にはしないと思う。

「また見逃されたな」

「そうね」

あたしの容態が本当に死ぬほどじゃないとわかったのか、クニヒコは手当てを続けながらぽつりと言ってきた。

あのまま戦いを続けていれば、あたしたちは負けてた。

メラゾフィスに手傷を負わせることはできたけど、それだけ。

渾身、さらに渾身。

そこまでやってようやく手傷。

刺し違える覚悟でやったとしても、たぶん勝てなかった。

「駄目だな、俺。もっと強くならねーと」

そんなに強くならなくてもいいよ。

本当はそう言いたい。

こんな危ないこと、もうごめんだ。

次は今回みたいに見逃してくれるかわからない。

三度目の正直ってことわざもあるし。

あたしたちがメラゾフィスに見逃されたのは、これで二度目。

あたしたちの生まれ故郷である部族をあの男が壊滅させた時、気まぐれで見逃された。

そして今日も。

今日はなんで見逃してくれたのかわからないけど。

考え事をしていたら、ローブの子供が駆け寄ってきた。

「大丈夫ですか⁉」

この子が加勢してくれたから助かった。

お礼を言わないと。

「ありがとう。加勢、助かったわ」

「お礼とか今は後回しです！　まずは治療を！」

「いえ、もう立てるわ」

傷は大方ふさがってる。

まだ痛みは残ってるし、完治したわけじゃないから無理はできないけど、立って歩くくらいはできそう。

ここは戦場なんだし、のんびりもしてられない。

そう思って上半身を起こす。

あたしの傷の治りの早さに驚いたのか、目を丸くした女の子の顔が見えた。

フードを目深にかぶってるから戦闘中はわからなかったけど、ずいぶんきれいな子。

それと同時に、その身体的特徴から、こんな小さな子があれだけ戦えていることに納得がいった。

「ああ、あなたエルフだったのね」

女の子の耳の特徴から、彼女がエルフだということがわかる。

エルフは魔族以上に長命で、魔法の扱いに優れるという。

その分成長も遅いらしいから、この子も見た目と実年齢が一致していないんだと思う。

この子とあともう一人。

砦《とりで》のほうを見る。

名前も姿も知らないけど、ずっとメラゾフィスを狙撃してあたしたちの援護をしてくれていた魔法使い。

二人の協力がなければ、メラゾフィスとまともに戦うことすらできなかった。

どっと疲れが押し寄せてくるけど、もたもたしていられない。

このまま寝ころびたい衝動を抑え込む。

クニヒコが手を差し伸べてくれたので、その手を取って立ち上がる。

「戦況は?」

「どうやら連中、撤退したみたいだな」

あたりを見回してみれば、背を向けて撤退していく魔族軍がかろうじて見えた。

そして、それと戦っていたらしい冒険者の一団も。

その中にはゴトーさんもいる。

メラゾフィスはもしかしたら、そっちの戦況が芳しくなかったから、撤退を決めたのかも。

そうだとしたら、ゴトーさんたちに感謝ね。

「とりあえず、戻りましょうか」

「だな」

あたしたちも疲労困憊《こんぱい》でこれ以上戦うのは無理。

下手《へた》に追撃をしても、今度こそメラゾフィスにやられておしまいになっちゃう。

ここは素直に引き下がったほうがいいでしょう。

「あなたも」

「ええ」

エルフの子に言えば、フードをとって頷《うなず》いてくれる。

「その前に、自己紹介しておきます。田川《たがわ》君、櫛谷《くしたに》さん」

一瞬、疲労で考える力が衰えていたあたしは、名前を呼ばれても疑問に思わなかった。

けど、すぐに違和感に気づく。

この世界であたしとクニヒコはファミリーネームを名乗ったことはない。

それをどうしてこの子は知ってるの？

「私の名前はフィリメス・ハァイフェナス。でも、お二人にはこう言ったほうがいいでしょう。前世の私の名前は、岡崎香奈美《おかざきかなみ》です」

あたしもクニヒコも驚きで目を丸くした。

それは、あたしたちの前世の担任の名前だったのだから。

オーレル

ハーイ。

みんな大好きオーレルちゃんピー歳《さい》でーす！

年齢はひ、み、つ。

これでも貴族の子女っすよー。

貧乏貴族っすけど。

でも貴族の子女でこの年まで未婚っていうのは、そろそろ行き遅れっす。

アタシの人生設計ではもうこの年ではとっくに結婚してて、子供も一人くらいはいるはずだったんすけど、どうしてこうなったんすかねー？

アタシは帝国の田舎《いなか》の貧乏貴族の次女っす。

田舎の、貧乏の、おまけに次女。

もうこの時点で貴族とは名ばかりの味噌《みそ》っかすっす。

長女だったらまだどっか懇意にしてる貴族んとこに嫁に出してって希望もあったんすけど、次女じゃあそれも期待薄。

そもそもうちみたいな貧乏貴族とお近づきになってもメリットあんまねーんで、縁談自体こねーんすわ。

あ、ちなみに姉ちゃんはお隣の領地に無事嫁入りしてるっす。

そして家は兄ちゃんが継ぐんで、アタシはどっか嫁に行かなきゃならんっすよ。

でも、貧乏ゆえに嫁入り先を探すのは一苦労。

うち、本当に金なかったっすからねー……。

で、金稼ぎと良縁を掴《つか》むチャンスを同時に狙《ねら》って、アタシは奉公に出されたわけっす。

貴族の次女とか三女が上の爵位の家に奉公に出されるのは珍しいことじゃねえっす。

お給金もらえるし、あわよくば誰かに見初められてって希望もあるっすからね。

働きぶりによってはそのままその家に仕え続けることもできるっすし。

ただ、アタシは田舎者故この口調のせいで面接段階でことごとく落とされちゃったんすよね。

丁寧な言葉遣いっていうのはどーも性に合ってなくて、すーぐ地が出ちゃうんすよね。

で、あわや面接段階で全滅という危機の中、奇跡的に採用されたのがロナント様のところだったっす。

ロナント様は帝国の筆頭宮廷魔導士。

超がつくエリート中のエリートっす。

ていうか生ける伝説っす。

そんな雲の上の人がこんな田舎娘を雇ってくれるなんて、何か裏があるんじゃ？

って疑ったもんすわ。

裏、あったっすわ……。

あんのクソ爺《じじい》、偏屈すぎてまともな人間じゃ三日も経《た》たずに辞表叩《たた》き付けるに決まってるっすわ。

あの爺を一言で表すと、変態、魔法馬鹿、偏屈、鬼畜、あとそれからそれから。

おっと、一言じゃすまなかったっす。

まあ、まともじゃなかったわけっすわ。

けど、ここを逃すと就職先が見つからないのも事実。

泣く泣く我慢してご奉公したっす。

思えばこっからあたしの人生おかしくなっていったんすよ。

奉公しつつお金貯めて、平民でもいいから生活に困窮しない程度の財力の人のとこに嫁ぐ。

それが当初のアタシの目論見。

この口調っすからね。

お貴族様の妻は最初っから務まんないって諦《あきら》めてたっす。

ほとんど平民と変わらない貧乏貴族だったわけで、貴族籍から抜けるのに抵抗はなかったっすし。

平民になってほどほどの暮らしができればそれで十分っすわ。

そう思ってたのにズルズルと婚期を逃し、未《いま》だ独り身。

いえね、結婚できてないのは百歩譲っていいことにするっすよ？

でも、なんで戦場で指揮とらにゃならんのですかねー？

「はー。やってらんないっすわー」

げんなりとした愚痴が声に出ちゃったっすわ。

なにをどう間違えれば田舎の貧乏貴族の次女が、次席宮廷魔導士なんかになってるのか。

自分自身不思議でしゃーねーっす。

それもこれも爺に『魔法の才能がある！』とか言われて、強制的に弟子にさせられたせいっす。

きっかけは、爺に弟子入りした勇者のユリウス様が、爺の過酷すぎる修行で死にかけたことっす。

あれは絶対修行じゃなくて拷問だと思うっす。

冗談抜きで死に体だったユリウス様に、咄嗟《とっさ》に治療魔法使っちゃったのが運の尽きだったっす。

それを見た爺がアタシに魔法の才能があるなんて勘違いして……。

アタシが治療魔法を使えたのは、昔馬車旅でお尻《しり》痛めた時、爺が治療魔法で治してくれたんで、

「治療魔法って便利っすねー。覚えておこう」って、こっそり練習してたからなんす。

別にこっそり練習する必要なんてないんすけど、あとの展開を考えると隠しておいたほうがよかったんだって、幼いころのアタシは正解を選んでたんだってわかるっすわー。

そこからは地獄っすよ。

修行という名の拷問が待ってたっす。

何度も爺のところから脱走したっすけど、あの爺は空間魔法の使い手。

どこに逃げようと転移で追っかけてきて逃げ切れない！

ならばアタシも転移で逃げるしかない！

と、空間魔法覚えたのがさらに運の尽き。

いつの間にやら国にまで囲われて次席宮廷魔導士の位を賜り、爵位までついでにもらったっす。

平民になるつもりだったのに逆に出世して爵位もらっちゃったっす……。

空間魔法って、希少っすからね……。

でも爵位もらったしこれで結婚の申し込みがあるかも！

と、期待したアタシ、仕事に忙殺されてそれどころじゃなくなったっす。

宮廷魔導士やること多いっす！

しかも暇があれば後進の育成のためとかいって、他の宮廷魔導士とかその見習いの指導をしなきゃならないんすよ⁉

この日は仕事がない！

と喜んだ次の日にはなぜか予定が埋まるという理不尽さっす。

結婚相手探すどころじゃねーっす。

そして極めつきは、まさに今の状況。

なんでうら若き乙女が戦場で指揮をとらにゃならんっすかねえ？

「あー。寿退職したいっす」

今アタシはぶっ壊された砦の壁の修復を指示してる。

幸いにして被害は軽微なんで、一緒に連れてきた宮廷魔導士を使えば元通りとまではいかないにしても、それなりの強度のものを作り直せるっす。

「姉さん、文句言ってないで手伝ってくださいよ」

修復作業に当たっている同僚の宮廷魔導士が文句を言ってきた。

「アタシはさっき死ぬほど働いたからちょっとくらい休んでも罰当たんないんすー」

そう。

死ぬほど働いたっす。

ていうか一歩間違えたら死んでたっす。

魔力を精神の限界まで振り絞って、超長距離精密狙撃しまくったんすから。

何すかあの化物？

あんなのが魔族軍にいるなんて聞いてねえんすけど？

この砦の壁をぶち壊してくれやがった犯人、メラゾフィスとかいう名前の魔族らしいんすけど、あれ下手《へた》したらうちの師匠よりも魔法スゲーんじゃねえすか？

うちの師匠であるロナント様も大概人間離れしてると思うんすけど、その師匠でも長距離からの魔法攻撃で砦をぶっ壊せるかと言われると……。

できそうな気もしちゃうところが師匠が師匠たるゆえんっすわ。

「師匠だったらこれと同じことできると思うっすか？」

「さすがの師匠でもこんな非常識なことは……。できないと言い切れない……」

同僚に聞いてみたら、やっぱり同じ感想だったっす。

「まあ、師匠も非常識っすけど、さすがにあのメラゾフィスとかいうのよりかはまだ常識の範疇《はんちゅう》の生物っすよ」

「姉さん、その言い方だと師匠が人間じゃないように聞こえますよ」

「実際師匠って半分くらい人間やめてると思うんすよね」

「ああ……」

そこで納得したように頷かれちゃう時点で、師匠が周囲にどう思われてるのかわかるっすわ。

まあ、そんな師匠でも相対的にまともに見えちゃうくらい、今回の相手は非常識だったわけっすよ。

正直冒険者の若いのがあれを抑えてくれてなかったら、今頃《いまごろ》この砦は陥落してたかもしれねっすね。

それくらいやばいっす。

うちの師匠は常々こう言ってるっす。

『真の強者《つわもの》には有象無象がいくら挑んでも敵わない』

師匠を見てるとその言葉も納得。

あの爺は十人どころか百人、下手したら千人で挑んでも返り討ちにしそうっすからねー。

あの爺を知ってるからこそ、メラゾフィスとかいうのの常識外れの強さもある程度納得できるっすけど、それが敵にいて納得できるかどうかはまた別問題っすよねー。

爺が配置された砦《とりで》に攻め込んだ魔族の人たちご愁傷様とか思ってたアタシ、それより強い魔族をぶつけられる。

なんか悪いことでもして罰が当たったたんすかねー？

思い当たる節は、爺の食事に毒盛ったくらいしか思い浮かばねーっす。

『薄いわ！　儂《わし》を殺したかったらこの十倍は濃いのを盛れ！』

とか言って全部平らげてたっすけど……。

あの爺本当に人間なんすかねー？

実は高位の魔物が化けてるんじゃないかと半分くらい本気で疑ってるんすけど。

アタシの人生がおかしくなったのは、その魔物爺に眼《め》をつけられたのが原因っすよねー……。

「今頃は素敵な旦那《だんな》さんとイチャコラしてる未来予想図だったのに……」

「姉さん、まーたそんなこと言ってるんですか？」

アタシは割とよく結婚したい、退職したいって言いまくってるから、同僚にはこうやって呆《あき》れられてるっす。

「姉さん、結婚したいんなら、狙《ねら》った相手にその胸を押し付けりゃ一発でしょ」

「そういうの世間ではなんて言うか知ってるっすか？　セクハラっつーんすよ？」

胸の大きさは我ながらでかいと思うっす。

アタシの数少ない自慢できることっすけど、同時に悩みの種でもあるっす。

男の不躾《ぶしつけ》な視線とか、重くて肩がこるとか。

あの清廉なユリウス様でも会うたびにチラ見してくるっすからねー。

「アタシが結婚したい男がいないのが最大の問題っす」

「姉さんは理想が高すぎると思いますよ」

「ぬぐ」

それはちょっと自覚があるだけに言い返せないっす。

それもこれもユリウス様っていう素敵すぎる知り合いがいるせいっす。

顔よし！　家柄よし！　性格よし！　能力よし！

あれを基準に考えちゃいけないっていうのはわかるんすけど、知り合いにそんなのがいるとどうしても引き合いには出しちゃうんすよ。

唯一の欠点と言えば、勇者の嫁なんてどう考えても面倒がたくさんあるってことくらいっすかね。

それに比べて……。

アタシの周りにいる男どもは、爺を筆頭に宮廷魔導士とかいう変態集団。

アタシは同僚の顔を見て、盛大に溜息《ためいき》を吐いた。

「姉さん、それは結構失礼じゃない？」

「年下を姉さん呼ばわりしてる大の男にはこのくらいの反応でいいんすよ」

そう、何を隠そうこの男だけじゃなく、宮廷魔導士の同僚はみーんなアタシより年上！

なのに全員が全員アタシのこと「姉さん」と呼ぶんすよ？

しかも嫌味じゃなくて心から。

宮廷魔導士の中では、魔法の強さがそれすなわち尊敬の大きさ。

次席であるアタシは筆頭である爺の次に敬われるわけっす。

年上の男たちにチヤホヤされるって言えば、羨《うらや》ましがる人もいるかもしれないっすけど、現実にはひたすら魔法のことばっか話題に出す魔法信者がすり寄ってくるんすよ？

結婚相手にするにはちょっと……。

そしてアタシの日々の予定は大体宮廷魔導士と一緒に過ごすことで埋まってるっす。

新たな出会いも少なく、ちょっと素敵かもと思った相手がいても会う機会がなく。

そもそもそういう人には大抵婚約者がいるんすけどね。

優良物件は早々に予約で埋まっちゃうんすよ。

そしてどんどんいい人はいなくなり、年の近い人がいなくなっていって、さらに行き遅れる。

……そろそろ本気で焦ったほうがいいかもっす。

「あー！　どっかに年の近い超優良な男子はいねーんすか⁉」

「んー。いるっちゃいますね」

「え⁉」

思わず叫んだアタシに、期待していなかった救いの糸が⁉

「ほら、勇者様」

「あー」

納得。

しかし、ユリウス様は駄目っす。

「ユリウス様は雲の上の人すぎるっすわー」

「そうですかねえ？　姉さん勇者様と仲いいですし、チャンスはあると思いますけど」

「ないない。アタシとユリウス様じゃ釣り合わないっすわー」

「なーんで姉さんってこう、自己評価低いかなー？」

実際、王子様で勇者なユリウス様と、田舎《いなか》の貧乏貴族の次女のアタシじゃ、まったく釣り合い取れてねーっしょ。

それに。

「それがなくてもユリウス様とはそういうのじゃねーっす」

ユリウス様がすげー人っていうのは嫌と言うほどわかってるんすけど、だからこそ友情以上の感情は抱けねーんすよね。

「ユリウス様は光っすよ。人を惹《ひ》きつけてやまねー光っす。人はユリウス様に惹きつけられ、ユリウス様とともに歩いていくことを自然と選ぶ。まさに勇者。まさに英雄っす」

暖かな日差しのようだとは、聖女のヤーナさんが言ってたたとえっすね。

けど、アタシはそう思わない。

ユリウス様のあれはもっと激しいものっす。

それは暗闇《くらやみ》の中で燃え盛る炎のような。

人は近づけばその身を焼かれてしまうとわかってても、誘蛾のように飛び込んでいく。

そして殉じるんすよ。

ユリウス様の正義に。

それが悪いこととは言わねーっす。

ユリウス様がそれだけ人を惹きつける魅力にあふれてて、それだけ人に訴える心根をしてるってことっすから。

「けど、平凡が一番のアタシにとって、その光はちょっと強烈すぎるんすよ」

ユリウス様は高潔っすけど、その横に立ってついていくにはちょっと、どころかものすごく重いっす。

ユリウス様ももうちょい気楽に生きたほうがいいと思うんすけどねー。

あの人は子供のころから超がつく真面目《まじめ》だったたっすから、今さら生き方を変えるとかできねーでしょうよ。

「そういうわけで、一歩引いたところにいる友人あたりがアタシの位置なんすよ」

「なるほど」

「この戦争でも無茶してないといいんすけどねー」

たぶんユリウス様のことだから無茶するなって言っても無茶するんすけどね。

「なんというか、それは友人というか弟を心配する姉みたいな心境なんじゃないですか?」

「かもしれねーっす」

「やっぱ姉さんですね」

「ぬぐ」

咄嗟《とっさ》に反論できなかったアタシは、無言で早く壁の修復しろと同僚の背中を押してやった。

結婚相手の心配よりも、今はメラゾフィスがまた攻めてこないかどうかのほうが心配っすからね。

冒険者三人と、アタシがこっから狙撃して、なんとか追い返すことができたっすけど、次もうまくいくかどうかはわからないっす。

あいつ、アタシの狙撃くらってもピンピンしてたっすからねー。

心臓狙《ねら》って撃ち抜いたはずなのに……。

あんな化物があと何人もいるとは思えねーっすけど、この戦争、思った以上に厳しい戦いになりそうっす。

魔族って難民が出るほどボロボロだって聞いてたのに、話が違うっすよ……。

師匠やユリウス様がそうそうやられるとは思えねーっすけど、油断しないほうがいいって伝えたいっすわ。

って、人の心配してる場合じゃないっすね。

気合入れてこ。

メラゾフィス

お嬢様を守るために、強くならねば。

そう決意してから、どれだけの年月が過ぎたのか。

気づけば私は魔族軍第四軍軍団長などという地位についていた。

私が魔王様の知己であるというのも大きな理由だろう。

しかし、そんな縁故採用である私に、第四軍の部下たちはよくついてきてくれている。

彼らからしてみれば、私は魔王様に連れて来られ、いきなり軍団長の座についた得体の知れない男だ。

その認識は正しく、私は魔族ですらない。

吸血鬼だ。

その事実を隠し、魔族として過ごす私は、まごうことなく得体の知れない男だろう。

だというのに私のことをきちんと軍団長として扱ってくれる部下たちには感謝しかない。

一応、私は段階を踏んで出世したことになっている。

第四軍はもともとバルト様が率いておられた。

ただ、実際は政務に忙しいバルト様の代わりにその弟君のブロウ様が指揮をしていた。

そのブロウ様の元で一兵卒として第四軍に参加し、そこからトントン拍子で階級を上げていった。

ブロウ様が他の軍団を率いることになった際に、階級持ちの方々が繰り上がることになり、私もついでに。

その後も何かあるたびに私の階級は上がり、バルト様が正式に内務に専念するために軍団長の職を辞す時に、魔王であるアリエル様から直々に軍団長に指名されたのだ。

私がアリエル様に連れられて魔族領に来たことは知られている。

そのため、そのような新参に栄えある軍団長の座を明け渡すのには、少なからず反発があるものと予想していた。

しかし、その予想の割に、他の軍団長からも第四軍の部下からも反発はなかった。

不思議に思っていたのだが、アリエル様は苦笑して言った。

「メラゾフィス君ってホント、自己評価低いよね」

と。

「君よりも軍団長に適任なのなんていないいって」

とも。

アリエル様は私のことを自己評価が低いとおっしゃった。

しかし、私から言わせていただければ、それは過大評価というものだ。

私は元はしがない従者に過ぎない。

吸血鬼という特殊な種族に生まれ変わろうと、生来の気質は変わらない。

凡百の人間であった私が、吸血鬼という特殊な種族になったことで、多少の力を得ただけに過ぎない。

それも、吸血鬼の真祖であるお嬢様から与えられた、借り物の力だ。

私自身が優れているわけではない。

そう言えばアリエル様は、

「過ぎた謙遜《けんそん》は嫌味に聞こえるよー？」

と、呆《あき》れ顔《がお》で忠告してくださった。

……本当はわかっているのだ。

私の能力は軍団長に足るものだと。

それを周囲は正当に評価してくれているだけなのだと。

しかし、それを素直に認めたくない気持ちが私の中にある。

普通ならば評価されることを嬉《うれ》しく思うことはあれ、認めたくないと思うことはないだろう。

だが、私にはそうしたほうがいい、そうしなければならない理由がある。

私は浮かれてしまうのが怖いのだ。

私のこれまでの人生は、ままならないことが多かった。

それもそうだろう。

万事がうまくいく人間など多くない。

私もその例外ではなく、凡人であるがゆえにぶつかる壁も多かった。

人生で初めて壁にぶつかったのは、失恋だった。

私がお仕えすることになった女性、今は亡きお嬢様の母上。

私は従者の身で彼女に恋をし、同時に失恋した。

彼女には相思相愛の婚約者がおり、それこそがお嬢様の父上だった。

身分の差、そして何よりお二人の間に割って入ることなどできるはずもなく、私の初恋は幕を閉じた。

そして、次の大きな壁が、そのお二人の死だ。

私の恋は叶《かな》わなかった。

ならばせめて、愛した女性には幸せになっていただきたい。

その想《おも》いで彼女を、そしてその夫である旦那《だんな》様を支えていた。

だというのに、理不尽な暴力がお二人の命を奪っていった。

お二人を追い詰めた神言教と、直接手にかけたポティマスには、今でも激しい憎悪を感じている。

だが、私には力がなかった。

お二人を救う力が、なかった。

私が乗り越えられなかった大きな壁はその二つだが、それ以外にも小さな壁ならば無数にある。

才能のなさに躓《つまず》き、己の非才を嘆いたことは数多い。

私の人生は乗り越えられない壁に当たり続けるものだった。

だから、このように周囲から評価されることに慣れていない。

旦那様には重宝してもらっていたが、それも私の名声が音に聞こえるような類のものではなかった。

軍団長という多くの人の上に立つような責任ある立場に据えられ、それに見合った能力があると評価されたことなどない。

私はそうして評価され、舞い上がり、妥協してしまうのが怖かった。

もうこの程度でいいのではないか？

十分頑張ったのではないか？

そう、思ってしまうのが。

まだまだ、私の力は足りていないというのに。

私のこの命は、お嬢様に捧《ささ》げると決めている。

そのためにも、お嬢様を敵から守れる力がなければならない。

しかし、お嬢様の敵は強大で、私のようなちっぽけな存在では盾にすらなれない。

エルフの長ポティマス。

旦那様と奥様を死に追いやった神言教。

どちらも、私一人の身ではどうにもできない存在。

それでも、少しでも力をつけ、抵抗できるようにせねばならない。

旦那様と奥様を失った時のような無力感にさいなまれるのは、二度とごめんだ。

だというのに、くじけそうになるのだ。

私は、凡人だ。

どんなにあがいても、求める強さにたどり着けない。

なまじ、私の周りには超越した方々が多いだけに、その力の一端にすら至れない我が身に忸怩《じくじ》たる思いを持つ。

そして何より、私が最も打ちのめされるのは、守るべきお嬢様に私が置いて行かれているという事実だ。

お嬢様は成長なされた。

故郷のサリエーラ国にいた頃《ころ》はまだ赤ん坊で、魔族領を目指して旅をしていた頃もまだ幼く、魔族領に着いてからもまだまだ子供だと思っていた。

しかし、今のお嬢様は奥様に似た、美しい女性へと成長してきている。

まだ人だったころ、ご老人が「子供の成長は早い」と言っていたのを思い出す。

まだまだ子供だと思っていたお嬢様は、あっという間に大人への階段を昇り始めてしまった。

そして、見た目だけではなく、その能力もまた。

お嬢様の力は、もはや私では到底敵わない領域にある。

守るべき対象よりもはるかに弱い。

その事実が私の心を圧迫する。

そして、いくら努力しても届かぬその領域を目にして、歩みを止めてしまいそうになる自分がいる。

惰弱だ。

実に惰弱で、情けない。

たとえ届かなくても、いや、届かないとわかっているからこそ、歩みを止めてはならない。

歩みを止めれば差は広がる一方になってしまう。

今でさえ、全力でひた走っているのに差は広がっていくのだから。

だからこそ、評価され、褒められたことをそのまま受け入れ、先に進む足が鈍るようなことがあってはならない。

現状に満足してはいけないのだ。

追いつくことを諦《あきら》めてはならないのだ。

たとえ凡人の私がいくら努力したところで追いつけぬのだとわかっていても、それでも歩みを止めることがあってはならない。

惰弱な私は、いつでも気を引き締めておかねばならぬのだ。

そして、その判断はやはり正しかった。


「私もまだまだだな」

撤退し、野営をしている場で、私は自戒する。

私は敗北した。

傷はとうの昔にふさがっている。

もとより軽傷。

あのまま続けていれば、勝利もできただろう。

しかし、撤退を決めたのは私自身。

勝利を捨て、敗北を選んだのは私自身なのだ。

吸血鬼が苦手とする太陽の出ている昼間だったから。

相手は転生者を含む複数人だったから。

思った以上に他の冒険者の力が強く、自軍が押され気味だったから。

言い訳はいくらでも思い浮かぶ。

しかし、敗北したという事実は言い訳では覆らない。

私が相手をしたのは、いつの日か、私がこの手で滅ぼした部族の生き残りの転生者であった。

その転生者の少年と少女は強く成長していた。

同じ転生者のお嬢様やラースには遠く及ばないが、おそらくその二人が飛びぬけているのであって、今日相手にした少年と少女も十分強者《つわもの》の部類だろう。

攻めきれなかった。

転生者が相手ゆえ殺さぬよう手加減しなければならなかった、などという言い訳はすまい。

私は全力で戦い、しかし、攻めきれなかった。

ステータスでもスキルでも、私のほうが彼らよりもかなり高かったはずだ。

それでも、互角の勝負に持ち込まれた。

少年の太刀筋は冴《さ》えわたっていた。

踏み込みは深く鋭く。

攻防の合間の瞬きや呼吸すら計算されていた。

魔剣の能力の使いどころも的確で、溜《た》めや隙を生じさせない。

少女のほうも少年と息が合っていた。

少年の動きを決して邪魔せず、絶えず私にだけ魔法を浴びせ続けていた。

淀《よど》みのないスムーズな魔法構築。

威力も申し分なし。

まったくもって、羨《うらや》ましい限りの才能だ。

私には才能がない。
剣を振れば軸がぶれ、魔法を構築すれば淀みができる。
それを正すために、幾度も反復練習をこなす。
ただ一心に素振りを続け、剣のぶれをなくしていく。
ただひたすらに魔法を構築し続け、その手順を滑らかにできるようにしていく。
ただひたすら反復、反復。
そうして時間をかけ、ようやく形になっても、それは練習だからこそできること。
実戦で練習と同じようにできねば意味はない。
実戦では素振りをしている時のように、足を止めていられるわけではない。
実戦では突っ立って魔法を構築していれば、ただの的になりかねない。
だから、動き回りながらまた反復練習。
そして己の才能のなさを再認識するのだ。
ぶれる。淀む。
それを修正していく。
一歩進むごとに、また一から。
時には一歩後戻りして、また一からやり直すことも。
才能のある者たちはそれを感覚ですぐに修正できる。
しかし、私にはそのようなまねはできない。
ひたすら愚直に、ただただ経験として蓄積させ、体に覚えこませるしかない。

だが、その覚えこませるのすら、私にはなかなか難しい。

会心の一振りが振れた。

しかし、それを再現しようにも、うまくいかない時もあった。

前の日にできたことが、次の日にはできなくなった時もある。

試行錯誤しているうちに、魔法の発動さえままならなくなったことすらある。

経験が必ずしも前に進むための糧になるとは限らない。

白様やお嬢様は、そういったできない者の苦悩がわかっておられない。

常に前に進み続けられるがゆえに、躓き、立ち止まり、後戻りせねばならない凡人が理解できないのだ。

なぜできないのか？　と。

それがどれだけ残酷な言葉なのか、わかっておられない。

ようやく私も剣と魔法を同時に、それなりの出来で操れるようになってきたが、まだまだ咄嗟《とっさ》に最適解を導けるほどではない。

想定していないことが起きれば、どうしても判断が一瞬遅れる。

お嬢様や白様であればそれでも咄嗟の判断ができるのだろう。

こういうところが才能のあるなしで、如実に差となって表れてくる。

私が今回の戦いで優位を保てていたのは、単純にステータスやスキルが上回っていたからにすぎない。

才能のない私だからこそ、才能のあるなしは対峙《たいじ》して見ればわかる。

少年も少女も、私よりよほど才能に恵まれている。

格で劣るにもかかわらず、私と互角にやりあえたのがそのいい証拠だ。

末恐ろしいな。

今日は手傷を負わされた程度で済んだが、これがあと数年、十数年後にはどうなるかわからない。

才能の差はそのまま成長速度の差になる。

同じ努力をすれば、才能のあるほうがより成長する。

ならばその差を埋められるようにより多く努力し続けるしかないが、時間というものは誰《だれ》にでも平等に等しく流れている。

人が鍛錬できる時間もまた限られており、そこだけは才能のあるなしにかかわらず平等だ。

そして不平等でもある。

より多く努力しなければならない才能のない者に対し、才能のある者にも同じ量だけ努力する時間が与えられているのだから。

ないものねだりをしてもどうしようもないとわかっている。

しかし、思ってしまう。

私に才能があれば……。

どうにも気分が沈んでいる。

それだけ今回の敗戦は私にとってショックが大きかったということか。

心を落ち着けるためにも、鑑定で自分のステータスを確認する。

そして、スキルの欄にある『忍耐』の文字を見る。

忍耐。
かつて白様が所持していたというスキル。
支配者スキルと呼ばれる、特別なスキルのうちの一つ。
なぜ、私ごときがこのスキルを会得できたのかはわからない。
しかし、実に私らしいという納得もまたあった。
私には耐え忍ぶことしかできない。
才能のない私にはそれしか方法がない。
耐えて耐えて耐え、前へ前へ前へ。
そうして愚直に進んで行くしかできないのだ。
このスキルを見つめていると、また耐えながら前に進もうという気になれる。
たとえ前をひた走るお嬢様たちに追いつけないとわかっていても。
後ろから追いかけてくる才能ある者たちにいつか追い越されるのだとしても。
歯を食いしばって走り続けようではないか。

フェルミナ

私の名前はフェルミナ。

ただのフェルミナです。

何年か前までは家名もありましたが、今はありません。

私は魔族の名家に生まれ、なに不自由ない生活を送っていました。

父は財務省のトップと魔族軍第十軍軍団長を兼任しており、地位は盤石。

正確に言えば第十軍軍団長は兼任していたと、過去形で話さねばなりませんが、私が実家にいた頃《ころ》はまだ父はその役職に就いていました。

第十軍は実際には組織されておらず、名前だけの役職だったのですが、役職手当はつくので家は裕福だったのです。

しかし、不自由はしませんが、それに見合った厳しい家庭でもありました。

上に立つ者として、それに見合う実力と精神を持つべし。

我が家だけでなく、魔族の貴族家であればどこでも同じように教育されたことでしょう。

その中でも我が家の教育は厳しいともっぱらの噂でした。

勉強、鍛錬、礼儀作法。

幼いころから日々それらをこなし、私は家名に恥じない淑女になったと自負しています。

いえ、自負していました。

私はとある事件を機に家を勘当されてしまったのですから……。

目深にかぶったフードの下、気づかれないように隣に立つ人物に視線を向けます。

「なに？」

……すぐ気づかれました。

不機嫌そうなその人物は、ソフィア・ケレン。

私が勘当される原因を作った人。

それを思うと今でも腸が煮えくり返りそうになります。

「いいえ、なにも」

「あ、そ」

短いやり取り。

私と彼女は仲良く雑談を交わす仲でもなく、また今はそんな状況でもありません。

私たちは今、敵を待ち構えて森の中に潜んでいるのですから。

目線だけを動かして周囲を見回せば、私と同じ格好をした白装束の一団がそこかしこに身を隠しています。

いずれも高い隠密のスキルを使っているため、初めからわかって目視しなければ、そこにいると気づかれることはないでしょう。

一人一人の練度が異様なほど高いこの集団こそ、魔族軍第十軍。

かつて私の父が率いていたころは、我が家の私兵を名簿に載せているだけで、ほぼあってないような軍団でした。

それも昔のこと。

父が軍団長の座を降り、新しい軍団長になってから、第十軍は生まれ変わったのです。

少数精鋭の超人軍団に。

第十軍は他の軍団に対し、その百分の一にも満たない人数しか配属されていません。

しかし、その実力は一人一人が一騎当千。

おそらく、他の軍団と真正面からぶつかっても、いい勝負ができるでしょう。

それだけの猛者《もさ》ぞろい。

その猛者が、わずか数年の促成で鍛え上げられたというのだから、恐ろしい限りです。

かく言う私もそうやって鍛えられた口ではあるのですが。

ただ、第十軍の実態は他の軍団に知られていません。

発足してから年月が経《た》っていないことと、軍団としては少人数であるというのが合わさり、表舞台で力を発揮する機会がなかったせいです。

その分、裏では軍団長の指示の下、さまざまな働きをしています。

諜報《ちょうほう》、暗殺、などなどです。

そのせいで第十軍はそういった裏方に特化した集団だと勘違いされています。

あながち間違いでもないのですが、実際には裏方もできるというだけで、普通の戦闘も十分以上にこなせる集団です。

それを見せる機会がないのが残念でなりません。

今回も。

他の軍団が人族領に堂々と侵攻しているのに対し、第十軍は裏方です。

ソフィアさんが不機嫌なのも、華々しい活躍ができないからこそでしょう。

ソフィアさんは自己顕示欲が強く、また戦いそのものを好んでいる節がありますから。

ですが、ある意味でここが一番重要な戦場でもあります。

だからこそ、私たちがいるのです。

「……」

無言。

しかし、第十軍の全《すべ》てのメンバーが戦闘態勢に入ります。

スキルにより強化された聴覚が、森の中を進む足音を察知したのです。

そのまま息をひそめ、待ちます。

第十軍は全員が無音のスキルを持つため、呼吸や心拍による音を察知されることもありませんし、
無臭のスキルによって嗅覚《きゅうかく》で察知されることもありません。

その他にも、あらゆる感知をすり抜ける訓練を積んでいます。

唯一、千里眼などのスキルによる目視。

これぱかりは防ぎようがありませんが、隠密や隠蔽《いんぺい》を駆使すればそれもある程度誤魔化《ごまか》せます。

相手も常時スキルを発動して警戒しているわけではないでしょうし、いるとわかっていなければまず見つかることはありません。

そうして息をひそめながら、足音が通り過ぎていくのを待ちます。

視線は向けません。

それだけで気配を察知されかねないからです。

足音は、私たちが潜んでいる近くを通り過ぎていっています。

音からしてその人数は百名ほど。

ここは獣道しかない森の中。

行軍するには適さず、通り抜けるとすれば大人数では難しくなります。

しかし、それゆえに監視の目が届きにくい場所でもあります。

人魔緩衝地帯とは、そういう場所です。

行軍が可能な要所には人族の建てた砦《とりで》が存在します。

その隙間《すきま》である場所は人魔緩衝地帯と呼ばれ、魔族と人族で小競り合いが頻発する場となっています。

この森はその一つ。

そして、魔族の大規模な進軍に乗じ、敵はこの人魔緩衝地帯を通り抜け、魔族に逆侵攻をかけようと画策しているようなのです。

我等第十軍の任務は、そんな敵の殲滅《せんめつ》。

ここにいるメンバー以外も、人魔緩衝地帯の各地に散らばり、通り抜けてこようとした敵軍、あるいは元からその地に住んでいた人族を殲滅して回っています。

しかし、本命はここ。

私は息を殺して合図を待ちます。

そして、その合図が来ました。

目に見えないほどの極細の糸。

指に括《くく》りつけられたそれが引っ張られたのです。

その合図をきっかけに、私たちは一斉に動き出します。

隠れていた場所から素早く姿を現し、敵に攻撃を加えます。

私の得物《えもの》は投擲《とうてき》武器のチャクラム。

真っ先に敵に突っ込んで行ったソフィアさんを追い抜かすように、チャクラムが敵の頭部に命中しました。

それに一歩遅れてソフィアさんが別の敵に切りかかり、さらに一歩遅れて他のメンバーが襲撃。

敵に防ぐ余裕を与えず、初撃は完全なる奇襲成功。

さらに何が起きているのか理解できず、呆然《ぼうぜん》としている敵に追撃。

それに対処できたのは半数にも満たず、二撃目も相手に有効なダメージを与えることに成功しました。

こちらが三撃目を繰り出す頃《ころ》になってようやく敵も襲撃されているということに頭が回ったらしく、身構えます。

ですが、その頃にはもうすでに敵の被害は甚大となっていました。

細い獣道を進むために、敵は一列に伸びて進んでいたのもいけません。

私たちはその伸びた隊列に左右から挟み撃つ形で襲撃し、敵を分断。

そして各個撃破。

そもそもが身動きのとりづらい獣道。

軍としての連携は望めません。

あとは純粋な能力の高低による勝負となります。

が、最初の奇襲で相手は人数を減らし、さらにはまだ混乱から立ち直っていません。

加えてこちらの戦力。

負けようがないというのが、本音です。

「敵襲！　敵襲！」

「クソ⁉　このお！」

敵が慌てふためく中、第十軍のメンバーは無言で粛々と襲い掛かります。

「ポーティーマースー！」

訂正。

一人だけ大声で派手に大剣を振り回しているのがいました。

「待ち伏せされていたか」

叫びながら大剣を振るうソフィアさんと対峙《たいじ》していたのは、嫌な目つきをしたエルフの男。

ポティマス・ハァイフェナス。

今回の私たちの最大の討伐目標。

そして敵軍は、そのポティマス率いるエルフたち。

「武装の使用を許可する。やれ」

ポティマスが落ち着いた、しかしよく通る声で命令。

途端、エルフたちの身に変化が生じました。

ある者は手を変形させ、銃身と呼ばれるものを露出。

ある者はそれと似た形状の武器を取り出し、光る刃を手から出現させた者もいました。

そして、銃身から弾丸が射出されます。

しかし、あらかじめそれを知っていた我々は、慌てることなく対処。

魔法で壁を作って防ぐ者、弾道を読んで避ける者。

「なっ⁉」

驚くエルフたちを、私たちの反撃が襲う。

ポティマスですらこの結果は予想外だったのか、わずかに表情を険しいものにしています。

知っていますよ。

あなた方エルフが機械という武器を使ってくることは。

なぜならば、第十軍の軍団長はあのご主人様なのですから。

「ふん！」

ソフィアさんの大剣が迫り、ポティマスはそれを右腕でガード。

その右腕もどうせ機械とかいうものでできているのでしょうが、ソフィアさんの大剣はそれをやすやすと切り裂きました。

「ち」

ポティマスが短く舌打ち。

「致し方ない。抗魔術結界は……」

ポティマスの言葉が途中で途切れました。

なぜならば、その首と胴体が切り離されていたのですから。

突然ポティマスの背後に現れた人物の手によって。

「……いいところだったのに、邪魔しないでくれない？」

戦っていた相手を横取りされたソフィアさんがむくれて文句を言いました。

それに対する返答はなく、その方は手に持ったポティマスの生首を握りつぶしました。

それとほぼ同時に、エルフの殲滅が終了。

逃走者ゼロ。生存者ゼロ。こちらの戦死者ゼロ。

それをすばやく確認し、私は跪《ひざまず》きました。

「任務完了です。ご主人様」

私に倣い、他のメンバーもご主人様に向かって跪きます。

ソフィアさんだけは立ったままです。

ご主人様は一瞥《いちべつ》することなく首肯だけを返しました。

この方こそが第十軍軍団長にして、私のご主人様。

白様です。


私の人生がどこでおかしくなったのかと言われれば、それは明確です。

学園にソフィアさんが現れた。

そこからおかしくなっていきました。

名家の生まれに恥じぬようにと厳しい教育を受けてきた以外は、何不自由することなく過ごしてきた私。

それまでままならないと思ったことはほとんどありませんでした。

親に決められた婚約者がおり、将来を決められていたくらいでしょうか。

しかし、婚約者のワルド様に不足はありませんでしたし、将来が決められていたのもそれが貴族の務めと、不満に思ったことはありませんでした。

婚約者のワルド様には好意を感じていました。

しかしそれは恋愛的な意味ではなく、友情に近いものです。

あるいは、将来この方と結婚することが決まっているという意識から、家族愛に近かったのかもしれません。

どちらにせよ恋愛感情ではありませんでした。

それはワルド様も同じだったようです。

しかし、それに不都合はなく、激しい恋愛感情は伴わずとも、お互いに尊重し合える穏やかな家庭を築くことはできるだろうと思っていました。

ワルド様が別の女性に恋をし、私を裏切るまでは。

ええ、そうです。

その相手こそ、ソフィアさんです。

学園に入学してきたソフィアさんは注目の的でした。

魔族の貴族社会は狭いものです。

魔族の人口が少ないうえに、貴族も少ないのだから当然のことです。

学園に入学する前から貴族の子息は顔見知りが当たり前。

そうでなくとも、知り合いの知り合いくらいであることがほとんど。

ですので、その人となりが伝聞でわかります。

しかし、ソフィアさんはその例外でした。

身元不明。

そして会ったことがある人もいない。

確かなことは学園に入学する前は、フィサロ公爵家に匿《かくま》われていたということだけ。

そのため、「フィサロ公爵であるバルト様の隠し子なのでは？」「行方不明になっていた先代魔王様が外で作ってきた子供なのでは？」「今代の魔王様のご家族なのでは？」等々、様々な憶測が流れたのです。

真相を知った今ではそのどれもが間違いだったことがわかりますが、当時は謎だったためにソフィアさんとの接し方が掴《つか》めない人がほとんどでした。

だから、代表してその年度の学園生の中で最も身分の高いワルド様がソフィアさんの相手をしたのは、ある意味当然の流れだったのです。

しかし、誤算だったのはソフィアさんが思った以上に優秀だったのと、ワルド様が負けず嫌いだったせいで、ソフィアさんとの付き合い方を図るという当初の目的をワルド様が忘れてしまったことでしょう。

ええ、そうなのです。

ソフィアさんはあの性格で、優秀だったのです。

そして、ワルド様は人の好さそうな顔をして、とんでもなく負けず嫌いでプライドの高い方なのです。

私は婚約者として幼いころからワルド様と交流してきたのでそのことを知っていますが、たいていの人はその見た目と巧みな話術でコロッと騙《だま》されてしまうでしょう。

ワルド様は優しいふりして相手に自分のほうが上なのだと植え付けるのがうまいのです。

普段の会話の中でさりげなく自分のほうが優れていることをアピールし、「この人には勝てない」と思いこませつつ、親切なふりをして「なんていい人なんだろう！」と思いこませ、信奉者を増やす。

なかなかにいい性格をしていらっしゃいます。

それを知っていたからこそ、私はワルド様に恋愛感情を抱けなかったのですが。

とまあ腹黒い性格をしているワルド様ですが、前提として相手よりも優れている必要があります。

ワルド様も高位貴族として裏でたゆまぬ努力をしてきた方。

それなのに、ソフィアさんに完敗。

同年代では常に一番だったワルド様が、負けた。

ワルド様の対抗心に火がつくのは当たり前でした。

ソフィアさんも「ふふん」と鼻で笑い、あからさまにワルド様のことを見下していたのもそれに拍車をかけたようです。

お互いにいい性格をしていらっしゃいます。

それからというもの、ワルド様の一方的な挑戦が始まりました。

何かあるたびにソフィアさんに挑み、そして毎回敗北。

ある時はテストの点数で、ある時は戦闘実技の授業で、ある時はダンスの授業で。

全《すべ》てにおいてワルド様はソフィアさんより下でした。

「ソフィアさんは本当にすごいね」

と、穏やかな笑みを浮かべてソフィアさんを褒めていましたが、内心では対抗心が燃え盛っていたのを私は感じ取っていました。

その「すごいね」が、いつの間にか本心になっていったのに、私以外は気づいていなかったでしょう。

もしかしたら本人もしばらくは気づいていなかったかもしれません。

ワルド様の人生でこんなにも勝てないことはなかったはずです。

ワルド様はそれまで常に一番でした。

たまに私が加減を間違えて勝ってしまうことはあっても、次の機会には一層努力して勝ち星を取り返す。

そんな方でした。

ワルド様がその地位に見合うよう、努力して一番であり続けたことを知っています。

だから私も二番手であり続けました。

ふふ。ワルド様は頭がいいくせに、私が手加減をして二番手になるように調整していたことに気づいていませんでしたのよ？

でも、努力して王者たらんとしていたワルド様のことは、それなりに尊敬していました。

この方とならば、斜陽の魔族を率いていくのも悪くないと。

私たちは高位貴族。

次代の統率者。

だからこそ敗北は許されない。

上に立たねばならない。

その苦労と苦悩を知らないソフィアさんは、残酷なまでに勝ち続けた。

そしていつでも勝ち続け、敗者に信奉されてきたワルド様は、負け続けたことによって自身を打ち負かしたソフィア様を信奉するようになっていったのです。

……こういうのをチョロいとおっしゃるそうです。

ワルド様はソフィアさんに入れあげていき、それは年を経るごとにどんどん酷《ひど》くなっていきました。

初めて会った時からそうでしたけど、ソフィアさんは成長するごとに美しくなっていったのです。

見た目だけではなく、男を惑わす魔性の色香を振りまいて。

多くの男性がその色香にあてられ、彼女に傅《かしず》いていきました。

それが本当にソフィアさんに惚《ほ》れただけならばよかったのです。

貴族の男子がそろいもそろって一人の女性に懸想するのがいいことだとは思いませんが、若気の至りで美女をチヤホヤするくらいならば目をつむれるというものです。

いつか目を覚ましてくれればそれで。

ですが、実際にはもっと事態は深刻でした。

彼らはソフィアさんの魅了の毒牙《どくが》にかかっていたのです。

魅了。

その状態異常を引き起こすスキルは少ないながら確かに存在しています。

魅了された人は術者を崇拝するようになる。

魔族の次代を担う男子のほとんどが、たった一人の女子に魅了され、意のままにされてしまう。

それはどうあっても看過できるものではありませんでした。

しかも、彼らは文字通りにソフィアさんの牙《きば》にかかっていたのです。

ソフィアさんはおとぎ話にしか登場しない吸血鬼だったのです。

このままではソフィアさんという吸血鬼に魔族が乗っ取られてしまう。

幸いなことに、ソフィアさん自身はそんな大それたことを考えておらず、それどころか魅了も無意識に垂れ流しているようだとわかりました。

しかし、だからといって放っておくことはできず、まずは父に相談し、何とかする術を模索していたのです。

が、その動きを察知されてしまいました。

自分では気づいていませんでしたが、私にも焦りがあったのでしょう。

私はワルド様をはじめとした方々にはめられ、冤罪《えんざい》をかぶせられたのです。

いえ、半分は冤罪ではありませんね。

ソフィアさんを亡き者とする計画は実際に立てていたのですもの。

そうして私は学園を追われ、裏から手が回ったのか父からも勘当を言い渡されました。

すまなそうに私に勘当を言い渡してきた父の顔は忘れられません。

あとから知ったことですが、ソフィアさんは魔王様の関係者のため、ワルド様の父をはじめとした一部貴族が忖度《そんたく》して、私を切り捨てる方向で動いたようです。

それらの手回しをワルド様が行っていたようです。

私は常に手を抜いて、一番をワルド様に譲っていました。

だから、私は己の力を過信していたのかもしれません。

本気を出せば、なんでもできると。

その私が、ソフィアさんを排除する前に、ワルド様によって排除された。

これを一種の政争ととらえるならば、私はワルド様に負けたことになります。

もしかしたら、私は本気を出して初めてワルド様に負けたのかもしれません。

ワルド様の成長を願い、いつか本気を出しても負けることを願っていた時期もありました。

このような負け方をしたくはありませんでしたが。

まさかワルド様が本気を出して私に負け星をつけたのが、私を追い落とすことだなんて……。

恋愛感情はなくとも、同志のような一定以上の信頼関係は築けていると思っていたのに……。

婚約者に裏切られ、家を追い出され、失意の底に沈んでいた私。

幸いにして父は無一文で私を追い出すようなことはせず、ある程度の金銭と行く当てを用意してくれていました。

その行く当てが、魔族軍第十軍。

ちょうど私が勘当された時期に、第十軍は父の手から現在の軍団長である白様の手に渡っており、人員を集めていたのです。

父は引き継ぎのために白様と縁があり、私のことを託してくださったのです。

白様はそれを快く引き受けてくださり、私は第十軍所属となったのです。

以来、私は白様のことをご主人様として働かせていただいています。

白様には感謝してもしきれません。

当時まだまだ小娘だった私では、行く当てがなければたとえ金を持たされていてもそのうち野垂れ死んでいたことでしょう。

それに、白様は子供だからと私を甘やかすことなく、次々と仕事や訓練をやらせてきました。

とても正気じゃ、いえ狂気、常軌をい、えー、そう、とても充実した日々でした、ええ。

だから、悲しみに暮れている暇などなく、毎日目の回るような忙しさの中で、気がつけば随分気持ちが持ち直していました。

ご主人様がそれを狙《ねら》ったのかどうかはわかりませんが、精神的に持ち直すことができたのです。

毎日ボロボロにされて、この苦しみに比べれば婚約者に裏切られたり勘当されたりしたのなんて些細《ささい》なことですねと、そう悟ってしまったせいでしょう。

おかげで私のステータスは通常では考えられないほど高くなりましたが。

人間は限界を超えることができるのだなと。

ご主人様に拾われる以前も、高位貴族の娘として努力を怠ったつもりはありませんでしたが、努力なら誰《だれ》でもできることで、限界を超えるためには誰にもできないことをしなければならないのだと、身をもって実感しました。

同じ訓練を施された現在の第十軍のメンバーは、そろいもそろって心身ともに人を半ばやめています。

ご主人様はパワーレベリングとおっしゃっていました。

そのパワーレベリングで苦楽を共にした第十軍メンバーの結束は固いです。

そして、ご主人様の手足となって動いているうちに、私たちはこの世界の裏側というものを見せられてきました。

将来は高位貴族の娘として、魔族を取りまとめる立場に就くのだと思っていました。

その未来予想図はあっけなく消え、私はご主人様の元でそれよりももっと深淵《しんえん》なる道を歩んでいます。

人生は何があるかわからないものです。

そう、忘れたころに私を追い落とした元婚約者と、その原因を作ったソフィアさんが第十軍にやってきたりとか。


「お座り」

獲物を横取りされ、むくれるソフィアさんにご主人様が一言。

その瞬間、ソフィアさんが土下座をする。

「う、ぬぐぐ!」

ソフィアさんは体を震わせ起き上がろうともがいていますが、額を地面にこすりつけたままの状態は変わりません。

これはご主人様がソフィアさんに罰を与えるために施した呪《のろ》いだそうで、強制的に土下座をさせられるのだとか。

ご主人様がこの呪いを施したのは、私が勘当されたその日。

つまり、私のため！

……と思いたいところですが、残念ながら私のためと言うよりかはソフィアさんの躾《しつけ》のための呪いです。

ですが、私にとってこれは報復に値します。

あえて言いましょう。

ざまあ、と。

Phelmina

フェルミナ

本名フェルミナ。本来であればれっきとした貴族の娘だったのだが、とある事件を機に家を勘当され、家名を捨てている。父親は財務省のトップで元魔族軍第十軍軍団長。現在は白に第十軍軍団長の座を明け渡しており、その伝手もあって娘のフェルミナが第十軍に入隊することに。白の下で地獄の特訓を施され、暗殺者としての腕前は世界最高レベルになっている。何も悪いことをしてないのに婚約破棄されて家を勘当され、地獄の特訓で生死の境をさまよい、白の下にいるせいで知らないほうが幸せだったあれこれを知ってしまい、と、何かと薄幸。

ワルド

「放て！」
僕の号令に従い、魔法が放たれる。
魔法は過たず敵に命中。
そのほとんどを絶命させた。
「突撃！　一人も逃がすな！」
と、僕が言い終わる前に白い影が素早く移動し、生き残った敵を殲滅《せんめつ》していく。
逃がすなとは言ったが、この様子を見る限り余計な一言だった。
そんなことを言わずとも、彼らは一人残さず殲滅しただろう。
恐ろしいと思う。
魔族軍第十軍。
そこに所属する兵たちは、一人一人が英雄と呼ばれる領域の力を持っている。
あるいはそれ以上の。
一般的に、人のステータスの上限は千程度と言われている。
魔族でも人族でもそれは変わらない。
そこに到達できるのはごく一握りだけで、それを超えることができるのは英雄の証だ。
その英雄が、ここにはたくさんいる。

なぜ、そんな英雄たちの指揮を僕がしなければならないのか？

はっきり言えば、僕は第十軍の中で一番弱い。

魔族の貴族位の中で最高位である公爵家の生まれであるこの僕が、一兵士に勝てない。

昔の僕が聞けば鼻で笑ったことだろう。

今では笑えない。

僕が指揮を任されているのは、僕が強いからではなく、単純に貴族の教養として指揮の勉強をしていたから。

つまり、指揮ができるからだ。

それ以上の意味はない。

実戦経験のないにわか指揮でも、率いているのが英雄たちならば、よほどのへまをしない限りは問題など起こらない。

はっきり言えば僕でなくともできる。

誰でもよかったはずだ。

自分よりも強い兵たちを率いるのはストレスだ。

胃がキリキリしてくる。

それに拍車をかけるのが、率いている彼らが僕に対して好意的ではないことだ。

原因は、第十軍最古参のメンバー、フェルミナにある。

彼女は僕の元婚約者だ。

そして、僕がはめ、追い落とした相手でもある。

僕は恋をした。

そしてその相手は婚約者ではなかった。

だから、婚約者であるフェルミナが邪魔だった。

だから、追い落として婚約を解消した。

我ながら酷《ひど》い男だと思う。

けど、後悔はしていない。

他人から最低だと罵《ののし》られても、軽蔑《けいべつ》されても、幻滅されても、僕は後悔していない。

もし過去に戻ってやり直しの機会が与えられたとしても、僕はまた同じ選択を繰り返すだろう。

それくらい、僕はソフィアに惚《ほ》れこんでしまっている。

だが、その僕がフェルミナにした仕打ちを、第十軍のメンバーは知っている。

そして、苦楽を共に過ごしてきた第十軍のメンバーの結束は固く、後から入ってきた僕に対する目線は好意的とは言い難い。

幸いにして、彼らは軍団長である白様に忠実すぎるまでに忠実で、私情を挟んで同僚を不当に扱うことはしなかった。

今だって僕の命令をちゃんと聞いてくれている。

だからといって居心地《いごこち》が悪いことに変わりはない。

しかし、これもソフィアと一緒にいるためだ。

そのソフィアの眼中に僕がいなくても……。

ソフィアとの出会いは学園に入学した時。

正体が謎の女子が入学するというのは前から噂《うわさ》になっており、どう接するべきかみんなが悩んでいた。

だから僕が彼女に声をかけた。

第一印象は綺麗《きれい》な子だ。

儚《はかな》げな印象で、まるでお人形さんのようだった。

第二印象は、その見た目に反して性格のほうは酷い、だった。

僕が話しかけたのに対し、鬱陶《うっとう》しいという感情を隠そうともしない。

公爵家の僕に対して、表面を取り繕うことなくぞんざいに扱ったのは、ソフィアが初めてだった。

はっきり言えば、不愉快だった。

よし、こいつはこき下ろしてやろう。

そう決めた。

本当は会話をきっかけにして仲良くなり、その正体を探って適切な付き合い方を模索するつもりだったが、そんなことはどうでもよくなった。

相手が先に無礼を働いたんだから、こき下ろしてもいいだろう。

尤《もっと》も、ソフィアの正体によってはあとあと問題になってもつまらない。

ソフィアの正体の憶測に魔王の縁者というものもあったし、できるだけ穏便に、本人にも気づかれないように馬鹿にしなければ。

そう思い、まずはどちらが上なのか思い知らせてやろうとした。

そして思い知った。

どちらが上だったのかを。

なにをしても勝てない。

最初は、こんな馬鹿な⁉　と驚愕《きょうがく》した。

この僕が、公爵家の嫡男が、エリート中のエリートであるこの僕が。

どこの誰《だれ》ともわからない、性格のひねくれた女子に完敗するなんて。

ソフィアは僕に勝つと、決まって鼻で笑うのだ。

許せなかった。

常に一番であった僕が、あんな女の後塵《こうじん》を拝すことになるなんて。

優しい貴公子を演じていた僕の本性が怒りでにじみ出てしまうところだった。

だから必死に勉強し、鍛えなおし、次こそはと意気込んだ。

そして敗北を重ねていった。

苦しかった。

なぜ勝てない？

どうして勝てない？

僕はこんなにも努力しているのに、どうして⁉

しかし、負け続けているうちに、僕はいつの間にかソフィアのことを尊敬する気持ちになっていった。

気まぐれで読んだ恋愛小説の一節に、「愛するからこそ、それが反転した時の憎しみは深い」というものがあった。

僕の場合はその逆で、怒りや屈辱がそのまま尊敬へと変わった。

認めよう。

ソフィアは僕よりもずっと優れていたのだと。

それを認めてから、心が軽くなった。

純粋に尊敬の眼差《まなざ》しでソフィアを見れば、彼女の魅力が新たにわかってくる。

見た目は第一印象の時から綺麗だと思っていたけど、年を経るごとにその美しさに磨きがかかっている。

ナチュラルに人を見下す、決していいとは言えない性格だが、僕と違ってソフィアは本心を隠すことはない。

それが彼女の素直さ、裏表のなさだとわかって、眩《まぶ》しさを覚えた。

貴族は皆仮面をかぶっている。

決して本心を悟らせず、言葉という武器で常に火花を散らしている。

嫌な性格だが、それを臆《おく》さず隠さないソフィアには好感が持てた。

他人の評価など気にしない、唯我独尊の強さに見えて。

実際ソフィアは他人に興味なんてなかったんだろう。

第十軍に所属してみてわかった。

これがソフィアの見てきた世界なのだとしたら、学園に通っていた僕らは有象無象にしか見えなかったことだろう。

ましてや、ソフィアの正体を知ってしまった今なら余計にそう思う。

伝承の中にしか存在しない吸血鬼の真祖から見れば、僕なんてその他大勢と同じだ。

公爵家の嫡男なんていう立場は、魔族内だからこそ通用する肩書。

そんな小さな枠にとらわれないソフィアからしてみれば、あってないようなものだ。

ソフィアに出会ってからというもの、己の小ささを思い知ることばっかりだ。

その最たる例がフェルミナをはめた一件だ。

まさか、恋をした少女を手に入れんがためだけに、長年関係を築いてきた婚約者を平気で排除するような男だったとは、僕自身自分に呆《あき》れる。

学園の男どもがソフィアの魅了の力でおかしくなっているのはわかっていた。

僕はそんな植え付けられたまがい物の感情ではなく、己の意思でソフィアに恋をしているのだという優越感を覚えてもいた。

そんな些《さ》細《さい》なことに優越感を覚える小ささ。

しかし、学園中がソフィアを崇拝する状況を利用して、邪魔なフェルミナを追い落としたことに比べれば、それもかわいいものだろう。

学園の者だけでなく、その保護者や僕の父まで巻き込み、フェルミナを追い詰めたのだから。

我ながらうまくいったと思う。

フェルミナが僕の婚約者の座にいる限り、僕がソフィアと結ばれることはない。

さらに、魅了の力をばらまくソフィアのことを、フェルミナは危険視して排除しようとしていた。

フェルミナを排除するのに、躊躇《ちゅうちょ》はなかった。

フェルミナのことを嫌っていたのかと言えば、そんなことはない。

お互いに恋愛感情はなかったが、尊重し合ってはいた。

フェルミナとだったら、愛はなくともうまいこと結婚生活を送れただろう。

だが、僕は愛を知ってしまった。

この狂おしいまでの感情を知ってしまったからには、そんな未来を受け入れるわけにはいかない。

何の落ち度もないフェルミナには悪いと思う。

思うが、それだけだ。

酷《ひど》い婚約者だ。

そのしっぺ返しとして、今僕は居心地《いごこち》の悪い思いをしている。

学園を卒業し、本来ならば父の下につくはずだったのを、ソフィアについていきたいがためだけに第十軍に所属した。

そこがどんな魔境かも知らずに。

目を疑うような、訓練とは名ばかりの地獄を淡々とこなすメンバーたち。

それにこともなげに混ざるソフィア。

そして、そのメンバーの中にいた、かつての婚約者のフェルミナ。

いろいろと打ちのめされた。

冗談としか思えないような訓練をこなすメンバーに後れを取り、フェルミナには冷めた目で見られ、ソフィアにはこの程度にもついて来れないのかと呆れられる。

僕の心があっさりと折れなかったのは、さんざんソフィアに負けた過去があるからだ。

それがなければとっくの昔に自信を喪失し、ひきこもっていただろう。

ただそれは、まだギリギリで踏みとどまっているだけに過ぎない。

正直に言えばひきこもっていないというだけで、自信はとっくに喪失している。

ソフィア一人に負けていた学園生時代とは違い、この第十軍では最下位だ。

そして、かつて追い落としたフェルミナが、僕のはるか上にいる。

今の僕とフェルミナには、ステータスにして倍以上の差が出てしまっていた。

これでも、僕は第十軍に入ってから、その訓練をちゃんとこなしてきた。

しかし、今の第十軍が組織された当初からずっとその訓練をこなしてきたフェルミナは、その分だけ僕よりも先に行ってしまっていた。

いつも僕の下にいたフェルミナが、僕よりもはるか上にいる。

散々打ちのめされた僕だが、残ったなけなしのプライドがその状況を覆そうと、萎《しお》れそうな心に活を入れる。

何とか追いつこうともがいた。

しかし、もとより優秀だったフェルミナが、数年先にこの地獄の特訓を始めていたのだ。

開いた差はすぐには縮まらない。

それどころか、さらに差が開きそうなほどであった。

僕はもう、恥も外聞もなくソフィアに頭を下げた。

自分を吸血鬼にしてくれと。

……言い訳になってしまうかもしれないが、いつかは吸血鬼になることを望むつもりでいた。

僕はソフィアと一緒にいたい。
永遠に。
だったら、ソフィアに吸血鬼にしてもらうのが手っ取り早い。
それに、吸血鬼になるということは、ソフィアの眷属《けんぞく》になるということだ。
身も心も捧《ささ》げる。
それはとても甘美なことのように思える。
ただ、一つ気がかりがあり、僕は吸血鬼になるのをためらっていた。
魔族であることをやめなければならない、なんていう理由ではない。
今さら高位貴族の矜持《きょうじ》だとかなんだとか、そんなものはとうの昔に捨て去った。
ソフィアと一緒にいるために、婚約者を捨てるような男だ。
落ちるところまで落ちてやるという覚悟はできている。
身勝手、無責任となじられようが、僕は僕がしたいようにする。
父には悪いが、僕は公爵家の嫡男としての責務を果たす気はなかった。
では、何が気がかりだったのかというと、僕の見た目だ。
吸血鬼は永遠を生きると言われている。
老いず朽ちず。
ここが問題だ。
ソフィア以外の吸血鬼、メラゾフィスという男。
彼は吸血鬼になってから年をとっていない。

人族で言えば壮年に当たる年齢であるにもかかわらず、若い姿のままだ。

それが全盛期の姿で成長を止めているということならばいい。

現にソフィアは成長している。

しかし、ソフィアは真祖という特別な存在。

普通の吸血鬼は、果たして成長するのだろうか？

そう、僕は大人の姿になってから、吸血鬼になりたかった。

他ならぬソフィアが慕うメラゾフィスと同じくらいの年齢の見た目で。

成長が止まるかもしれない危険を考えると、万が一を考えて最良と思える大人の見た目になってから、吸血鬼になったほうがいい。

が、もはやそんな悠長なことは言っていられなかった。

一刻も早く、底辺を這《は》いずり回る現状をどうにかしなければならなかった。

吸血鬼になれば、力を得られる！

どうせ早いか遅いかの違い。

見た目はこの際成長が止まっても大目に見よう。

そうして頼み込み、僕はソフィアに吸血鬼にしてもらった。

世界が変わって見えた。

同時に、ソフィアとの切り離せない繋《つな》がりのようなものを感じた。

幸福だった。

ああ、僕はこの時のために生まれてきたんだと思えた瞬間だった。

が、それでも僕の第十軍での立場は変わっていない。

相変わらず底辺だ。

吸血鬼となり、ステータスは確かに上がった。

しかし、それだけで追いつけるほど、第十軍は甘くはなかったのだ。

「当たり前じゃない。吸血鬼になっただけでそんなに強くなれるなんて、ズルいでしょ？　ズルは駄目よ」

と、ソフィアは呆れていた。

「メラゾフィスも、吸血鬼になった直後に負けてるわ。でも、私のこと必死で守ってくれて。あの時のメラゾフィスはかっこよかったわ」

と、うっとりと続けられてしまった。

嫉妬《しっと》した。

ソフィアの眼《め》にはメラゾフィスしか映っていない。

同じ眷属にしてもらったというのに、その扱いは天と地だ。

ソフィアが求めているものはメラゾフィスだけで、僕がいくら求めてもそれに応えてくれることはない。

僕は吸血鬼になって、ソフィアと永遠に一緒にいる権利を手に入れた。

けど、それは同時に、永遠に報われない苦しみに耐えなければならないことを意味しているのかもしれない。

それでも、僕に後悔はない。

ソフィア

行きたくもない学園に突っ込まれ、ストレスをためる日々を送っていれば、自覚のない魅了の力で学園をしっちゃかめっちゃかにしたとかいう罪で、妙ちくりんな呪《のろ》いをかけられてしまった。

納得がいかないわ！

そもそも学園なんてがきんちょどもが集まる場所に、前世では高校生だった私を押し込めたその所業こそ鬼畜じゃない。

鬱陶《うっとう》しいがきんちょどもの相手を毎日毎日させられて、さらにメラゾフィスにも会えない日々。

ストレスでどうにかなりそうなのを我慢してたのよ？

そうやって我慢して数年すごしてたら、いきなりお仕置きされて呪いをかけられたのよ？

酷《ひど》いと思わない⁉

でも逆らえない。

だってそういう呪いなんだもの。

そりゃ、なんかちょっとおかしいなーとは思ったわよ？

急に男どもがやたら私に媚《こ》び始めたし。

でも、思春期だしそんなものかって思ってたの。

まさか無意識のうちに魅了の力まき散らしてたなんて思ってなかったわ。

腹黒を筆頭に、男どもが結託して委員長を追い出してたりしたから何事だとは思ったけど。

まさか魅了の影響だったとはねー。

ああ、腹黒っていうのはワルドのことで、委員長っていうのはフェルミナのことね。ワルドはそのまま腹黒な性格してるし、フェルミナはねちねち正論で真面目《まじめ》ぶって注意してくるから委員長っぽいと思って心の中じゃそう呼んでたの。

フェルミナは小言がうるさかったし、ワルドに学園を追い出されてざまあ、とか思ってたんだけど、そのすぐ後にご主人様に呪いをかけられてこのざまよ。

まあ、フェルミナにはちょっと悪いことしたわ。

フェルミナは小言がうるさいけど、言ってることは正論なのよね。

だから、悪いことはしてないのに勝手に私を祭り上げた男どもに排除されちゃったわけ。

私がやったわけじゃないし、指示を出したわけじゃないけど、ちょっとは責任も感じてるのよ？

呪いを受けたのはものすっごく納得がいかないけど、その後メラゾフィスにも叱《しか》られたのよ……。

「お嬢様、今のあなたは、ご自身のことをあなたのご両親に誇れますか？」

見たこともない厳しい表情で私を見つめるメラゾフィス。

「お嬢様、吸血鬼の本能に身を任せて好き放題するのは、さぞや気分がよろしかったでしょう。誰《だれ》も逆らわない。誰も逆らえない。そう、お嬢様自身が仕向けているのですから。夢のようでしたか？　それとも、夢だとでも思っていましたか？　現実味のない、夢の中の出来事だとでも思っていましたか？」

無意識とは言え、魅了の力を使っていたのは事実。

そして、どうやら私は二次性徴による体の変化に伴って、吸血鬼の本能として餌である男を無意識に従えていたらしい。

「あなたのご両親が、私に託したことはただ一つ。『お嬢様を頼んだ』。ただそれだけです」

その言葉が、どれだけメラゾフィスが私の両親のことを想《おも》っているのかを、如実に表していた。

「頼まれたのです。私はお嬢様のことを、死ぬまで見守っていきます。決して見捨てはしません。間違っていればそれを指摘します。正しき道に戻るまで、何度でもこの手を振り上げます」

そう言って私の頬《ほお》を平手でペチンと叩《たた》いた。

「お嬢様が旦那《だんな》様と奥様に対して胸を張って誇れるような生き方ができるよう、私は見守っていきます。間違っていたら、またこの手を使います。ですが、できれば私に再び手を上げさせないでください」

ずるい。

そんなことを泣きそうな顔で言われたら、従わないわけにはいかないじゃない。

そういうわけで、その事件があった後はちゃんと大人しく品行方正に過ごしてたわ。

でも、でも！

「ぐぎぎ！」

今私は土下座させられている。

ご主人様？

ねえ、この呪いポンポン使いすぎじゃないかしら？

メラゾフィスの手と違って、ものすっごく些細《ささい》なことでもバンバン使ってきてるわよね⁉

私が悪いことして躾《しつけ》で使うなら、まだいいわよ？

でも、ご主人様の機嫌が悪いってだけでも八つ当たりで使われてる気がするのは気のせいかしら⁉

「ふ」

地面に頭こすりつけてても、誰が鼻で笑ったのかわかる。

フェールーミーナー！

そりゃ、私のせいで人生おかしくなったんだから私のこと嫌うのはわかるわよ⁉

でも、私が土下座するはめになるたびに鼻で笑うのはどうなのかしら⁉

一応悪いとは思ってるし、責任も感じてるわ。

でもやっぱ私こいつのこと嫌いだわ。

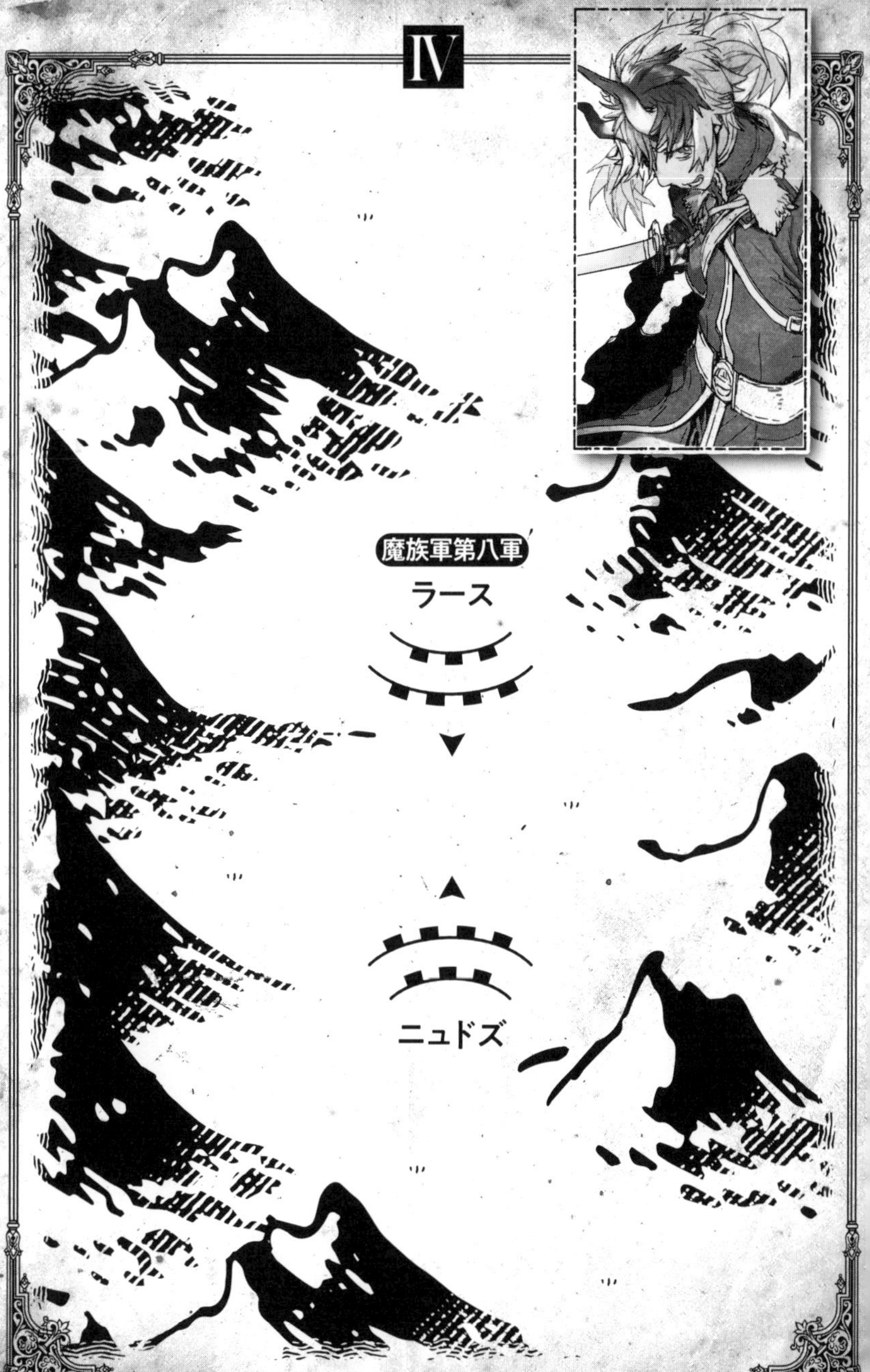
IV
魔族軍第八軍
ラース
ニュドズ

ラース戦の**ここがポイント！**

白ちゃんの解説コーナー！

鬼くんが攻めることになってる砦は見ての通り山に囲まれとります！

山に囲まれた盆地のところに砦が建ってるわけだね。

おっぱいさんのところみたいに山の上に建ってるわけじゃないから、その点で言えばまだ攻めやすいところかな。

とは言え、周りが山に囲まれてるから真正面からしか攻められない。

砦側は相手がどこから攻めてくるのかまるわかりなんで、対策も立てやすいってわけだね。

攻め手は変な奇策とかしようがないし、古式ゆかしい力によるごり押しでしか攻略の手立てはない！

泥沼の殴り合いが予想される！

……なんだけどねー。

攻め手が、鬼くんだもんなー。

鬼くんに常識的な砦攻めとか、ねえ？

たぶん鬼くん一人でも砦破壊することできるんじゃないか？

攻城じゃなくて破壊ね。

……もう全部あいつ一人でいいんじゃないかな！

ラース

贖罪《しよくざい》などとは言うまい。

ましてや正義などとも。

ただ、僕はこの手で積み上げた死を無駄にしたくない。

血にまみれたこの手で、なせることはそれだけだ。


魔族も人族もごちゃまぜになった戦場。

陣形も何もない、乱戦。

作戦も何も意味を成さず、双方ただ目の前の敵を倒すことだけしかできない。

僕は戦場での指揮なんてできない。

前世でも今世でも、人を率いて戦うなんて経験がないのだから。

第八軍を任されてから、少しはその経験も積んだけれど、元からいた幕僚なんかのほうが僕よりもずっと的確に指示を飛ばせる。

はっきり言えば、僕は指揮官向きじゃない。

能力的に前線で戦ったほうがいい。

ただ、今回の戦争の目的を考えると、あまり僕一人が暴れまわるわけにもいかない。

僕が暴れればそれだけ人族に被害を与えられるけれど、逆に魔族の被害は少なくなる。

人族にも魔族にも平等に打撃を与えなければならないのだから、それは悪手だろう。

だから、僕が前線で暴れるわけにはいかなかった。

けれど、だからといって後方で指揮を執るわけにもいかない。

できないし。

できないことが第八軍の兵士たちに知れ渡ると、僕が舐《な》められる。

第八軍の人員は、ぶっちゃけると寄せ集め集団だ。

もともとの第八軍は名前だけで、兵はほとんどいなかった。

元第八軍軍団長は名前だけだったその職を辞し、今は内政のほうに専念している。

少ないながら所属していた兵については、他の軍団に再編され、この第八軍に残っている者はいない。

では、今の第八軍の人員は何者なのかというと、不正を働いた魔族の領主たち、その私設軍を解体し、編成し直したのだ。

元第九軍の軍団長ネレオ。

ネレオは魔王であるアリエルさんの暗殺を敢行し、失敗。

その前には元第七軍軍団長ワーキスの起こした反乱に加担していた。

ネレオが抱えていた私設軍に、ネレオの派閥に属していた貴族の私設軍を合わせ、さらにその領地から強制徴兵してきたのが、この第八軍だ。

そんな経緯もあって、第八軍の兵士の士気は低い。

中には叛意《はんい》を持つ兵士もいるくらいだ。

僕はそれを、力尽くで従えているに過ぎない。

だから、少しでも舐められたら終わる。

その瞬間、脱走兵が相次ぐだろう。

中にはその機に乗じて僕を狙《ねら》おうとするやつすらいるかもしれない。

さすがに僕の強さは見せつけてきたから、そうはならないと信じたいけれど、仮にそうなった場合、僕は自分の兵に刃を向けなければならないだろう。

それはそれで被害が増えるが、さすがに僕もそれはやりたくない。

結果、僕のとった行動は単純明快。

指揮ができないのなら、やらなければいい。

指揮なんて無意味なくらい、泥沼の乱戦にしてしまえばいいのだ。

プラスアルファで、脱走兵が出ないようにすればパーフェクト。

僕は布陣した第八軍の背後に地雷を仕込み、それを教えておいた。

退路はないと。

それでも逃げ出すならば、僕が直々に切ると。

面白いくらい震え上がってくれたよ。

そして、僕自身はといえば、砦《とりで》を破壊していた。

なるべく僕の姿が見えないように、魔剣を遠投して。

そうすれば、人族は破壊から逃れるために砦の外に出て、前進せざるを得ない。

僕の魔剣の攻撃は、砦の守りなんかいとも容易《たやす》く破壊する。

砦にこもってなんていられない。

こもっていたら被害が増えるだけだ。

そして、追い立てるように魔剣を次々と遠投していく。

後退できない魔族軍と、前進するしかない人族軍。

ぶつかるしか選択肢はない。

お互い追い立てられてぶつかれば、作戦もなにもあったものではないだろう。

そうして乱戦に持ち込めば、指揮がどうのなんて些事《さじ》。

乱戦の中、僕は人族軍の背後に魔剣を投げて追い立てつつ、向かってくる最小限の人数だけを切り伏せていた。

魔剣の遠投にしても、なるべく被害が少ないようにあえてしている。

僕が人族軍をあまり減らしすぎると、魔族軍の被害が少なくなってしまう。

曲がりなりにも味方なんだから、被害を少なくするのが正しい指揮官の姿なんだろうけど。

僕のやっていることはその真逆だ。

酷《ひど》い軍団長だ。

僕の下についた彼らは運がない。

本気で同情する。

けれど、僕はそれしかできない。

そうすると、決めてしまったから。

そうして適当に魔剣を投げ、向かってくる人族を倒していると、うるさい戦場の中でも異様に良く通る雄叫《おたけ》びが聞こえてきた。

「ぬおおおおおおおお‼」

良く息が続くなと、そう場違いな感想が出てくる。

叫び続けながら剣を振るい、こちらに向かってくる騎士。

兜《かぶと》の隙間《すきま》からわずかに見えるのは、齢を刻んだ皺《しわ》の目立つ老騎士の顔。

随分な年に見えるのに、この戦場で誰《だれ》よりも若々しく暴れまわっている。

その姿、というよりも、その剣技には見覚えがある。

ずいぶん前、まだオーガだった時に僕を追い詰めた老騎士だ。

「むむむ！　この覇気！　貴殿がこの魔族の軍を率いる長であると見受ける！　吾輩《わがはい》の名はニュドズ！　正々堂々と尋常に勝負いたせい！」

あ、暑苦しい……。

僕のすぐ近くにまで迫った老騎士ニュドズは、周囲のことを気にすることなく僕に真剣勝負を申し込んできた。

なんというか、空気が読めていない。

正々堂々とかそんなことを言っている段階じゃないだろう。

こんな乱戦の中で勝負しろだなんて、馬鹿なのか？

馬鹿なんだろうな。

だが、その馬鹿さ加減は清々しい。

馬鹿だけど、一本筋が通った御仁なんだろう。

己の信念に忠実に、馬鹿正直に生きている。

ちょっと、いや、相当羨《うらや》ましい。

迷ってばかりでウジウジしっぱなしの僕とは大違いだ。

「受けてたつ」

わざわざ言葉を返したのは、そうしたい気分だったから。

この御仁とは、正々堂々と勝負がしてみたかった。

ニュドズさんは僕が昔戦ったことのある相手だと気づいてない。

あの時はオーガだったし、今とは姿が違う。

まあ、それをわざわざ教えるつもりはない。

過去がどうあれ、この御仁は気にしないだろう。

僕にとってはリベンジマッチになるのか。

そう思うとなんだか不思議な気分になるけど、やることは変わらない。

「いざ参らん！」

ニュドズさんが鋭く踏み込んでくる。

老人とは思えない、というか、重い鎧《よろい》を着込んだ状態での踏み込みとは思えない速度だ。

人族はステータスで魔族に劣るというけれど、その踏み込みの速度は下手《へた》な魔族よりよっぽど鋭い。

第八軍の中で、これほどの踏み込みができるのが一体どれだけいるか。

「⁉」

それでも、僕には届かない。

オーガであったあの時よりも、僕はずっと強くなった。

僕の魔剣がニュドズさんの剣を叩《たた》き切った。

おそらく相当な名剣だったのだろうけれど、それでも僕のステータスと魔剣によるゴリ押しの一太刀《たち》で、その剣は半ばから断ち切られた。

次いで、ニュドズさんの首を切り裂く。

抵抗すら許されず、ニュドズさんの首が落ちた。

せめて痛みを感じる間もなく、安らかに死ねるように。

僕がそんなことを考えるのも烏滸《おこ》がましいかもだけれど。

僕にできるのは、そのくらいだから。

どうやら人族軍にとってニュドズさんは重要な人物だったらしく、その死を見た兵士たちが動揺し、瓦解《がかい》していく。

一角が崩れるとあとはドミノ倒しのように人族軍は倒れていった。

こうして、僕ら第八軍は勝利を収めた。

ホーキン

「ホーキン。お前は残るべきだ」

決戦の前夜、あっしは主人であるジスカンの旦那《だんな》にそう言われた。

「理由を聞いても？」

「……お前自身が一番わかってるんじゃないか？」

旦那にそう言われ、あっしは黙り込む。

わかってるでやすよ。

あっしは、勇者パーティーの中で一番弱いんだってことは……。

勇者パーティーは、勇者であるユリウスをリーダーに、その幼馴染《おさななじみ》のハイリンス、聖女のヤーナ、そして旦那とあっしを加えた五人。

勇者であるユリウスは、剣技も魔法も超一流。

ハイリンスは盾役として、パーティー全体のダメージを抑えてくれる頼もしい存在。

聖女のヤーナは治療魔法による回復だけでなく、魔法による攻撃や支援もこなせる万能の後衛。

旦那は武器のエキスパートであり、ユリウスに次ぐアタッカー。

対して、あっしは戦闘ではあまり役に立たない裏方。

あっしの役割は、勇者パーティーが滞りなく活動できるよう、依頼の斡旋《あっせん》やその交渉、物資の補充や移動のための申請、各国との折衝などなど。

戦闘以外の役割がほとんどでやす。

もちろん、戦闘でも投げナイフやマジックアイテムを使っての支援はしてきやした。

が、どうしても他のメンバーよりも劣っているのは自覚するところでやす。

他のメンバーが得意とする分野で一流なのに対して、あっしは真正面から打ち合えばそこらの兵士にも負けるでしょうな。

戦闘の時でもなるべくサポートに徹して、騙《だま》し騙しやってきたにすぎないでやす。

「明日の戦いはおそらく乱戦になるだろう。そうなれば、お前を守っている余裕はない」

旦那の包み隠さない、戦力外通告。

それもあっしのことを思って言ってくれているとわかってやす。

わかっていても、まっすぐ言われると堪えるものがありやすね。

魔族との戦争。

それはこれまで勇者パーティーとして戦ってきた相手とは異なりやす。

勇者パーティーがこれまで相手にしてきたのは、強力な魔物がほとんどでやす。

魔物が一体に対して、あっしら五人で挑む。

数の優位がある分、ターゲットも分散されるのであっしが狙《ねら》われる率は低い。

狙われてもハイリンスがカバーに入れるようにしていたので、危険は少なかったでやす。

が、魔族との戦争は多対多の集団戦。

旦那の言う通り乱戦になることが予想され、ハイリンスもすべてをカバーしきることはできないでやす。

つまり、自分の身は自分で守らにゃならんわけですが、あっしの実力だと不安が大きいというわけでやすな。

「どうしても駄目でやすかね？」

「……」

縋《すが》るように言ってみれば、旦那は難しい顔をして腕を組んだ。

「……俺たちのパーティーで最も死んじゃならないのは、言うまでもなく勇者であるユリウスだ。だが、その次に死んじゃならないのはホーキン、お前だと思っている」

「!?」

旦那の予想外の言葉に、あっしは驚いちまいやした。

「俺は戦士として一流だ。ハイリンスも才覚に恵まれている。ヤーナ嬢ちゃんも聖女候補の中から選び抜かれている。だが、代わりがいないわけじゃない」

「いやいや旦那。そんなわけないでしょう」

「そんなわけあるのさ」

そう言って旦那は酒をあおった。

「俺はAランクの冒険者だ。Aランクの上にSランクがある」

「でも旦那はソロでAランクじゃないでやすか」

冒険者のランクは必ずしも強さが全《すべ》てではない。

一つのパーティーで評価されてランクが上がることもあれば、戦闘以外の功績でランクが上がることもあるでやす。

旦那はソロでAランクまで上り詰めやした。

パーティーでAランクになったのと、ソロでAランクになったのとでは、評価が全く異なりやす。ソロでAランクになった旦那の強さはSランク相当。

どこかちゃんとしたパーティーに所属すれば、あっという間にSランクに上がれるだけの実力はありやす。

ただそうなる前に勇者パーティーに加わったため、扱いとしちゃ冒険者ではなく勇者の後ろ盾である教会の所属になりまさ。

当然、冒険者としての実績にはカウントされず、旦那のランクはAのままってわけでやすな。

「まあな。俺もSランク相当の実力はあるだろう」

Sランクの冒険者と言えば、英雄と呼んで差し支えない人たちでやす。

冒険者の中でも才能のある一握りしか到達できない高み。

「だが、それだけだ。Sランクの冒険者は一人じゃない。つまり、俺と同等以上の戦士は他にもいる」

その高みを、旦那は代えがきくと言い張る。

「ハイリンスもそうだ。ヤーナ嬢ちゃんだって、聖女候補は他にもいる」

「旦那……。でも……」

「もちろん、ユリウスとともに戦ってきた経験が俺たちにはある。連携のこともある。たとえ同等の実力を持った奴《やつ》がいても、すぐさま交代できるわけじゃないだろう。だが、それも少し時間をかければ済む問題だ」

旦那はもう一度コップを傾け、酒をあおった。

「絶対に俺たちでなければならないというわけじゃないんだ」

旦那はどこか自嘲《じちょう》気味に呟《つぶや》いた。

「旦那、そんなことを言ったら、あっしが一番代えがきく要員じゃないでやすか……」

旦那はSランク相当の実力者を代えがきくと言ってやすが、Sランクというのは選び抜かれた精鋭。

たしかに旦那の言う通りSランク相当の実力者は他にもいやすが、だからといって都合よく勇者パーティーに加わってくれるわけじゃない。

冒険者であれば固定のパーティーを組んでることが多いでやすし、国に仕えてる場合もありやす。

そうほいほい所属を変えることはできねーでしょう。

それに比べ、あっしのやっていることは地味な裏方で、特別な才能を必要としない、誰《だれ》でもできることでやす。

勇者パーティーの中で一番代えがきくのは、間違いなくあっしでっせ。

「そいつは違うな。逆だ。ユリウスの次に代えがきかないのはお前だよ」

「無理に慰めてくれようとしなくてもいいでやすよ」

「馬鹿。そんなんじゃないさ。まあ聞け」

旦那はそう言ってあっしのコップに酒を注ぐ。

「ユリウスが代えがきかないのはわかるな？　なぜかわかるか？」

「そりゃ、ユリウスは勇者ですからな」

「そうだ」

当たり前のことを当たり前のように肯定する旦那。

「だが、勇者だからというだけが理由じゃない。それはユリウスがユリウスだからだ」

「ユリウスが、ユリウスだから？」

なぞかけのような旦那の言葉につい首を傾《かし》げてしまう。

「勇者というのは死んでも次の勇者が選ばれるようになっている。だが、それはユリウスじゃない別人だ。勇者は死んでも次がいるが、ユリウスは死ねばそれまでだ」

「まあ、そりゃそうっすな」

「あらかじめ言っておくが、仮定の話だから怒るなよ？　もしユリウスが死んで、次の勇者にまた仕えてくれと言われて、お前は納得できるか？」

「それは……」

難しいっすな。

ワイはユリウスだから仕えているんであって、見たこともない新しい勇者にすぐ仕えることができるかと言われれば、気持ちが追い付かないのが容易に想像できますわな。

「そういうことだ。ユリウスだからこそだ」

そして、と旦那は続ける。

「それはお前にも当てはまる」

「はあ……」

「なんだその気の抜ける反応は……」

旦那は呆《あき》れたようにぐびっと酒を飲み干し、お替わりを自らコップに注いだ。

「俺やハイリンス、ヤーナ嬢ちゃんはいわば道具だ。俺は武器。ハイリンスは盾。ヤーナ嬢ちゃんはポーション」

「いや、それはさすがに卑下しすぎでは？」

「極端なたとえではあるがな。さっきも言ったように俺たちは代わりがきく。だが、ユリウスがそうであるように、お前も代わりがきかない。それはお前が裏方で、多くの人と関わりを持っているからだ」

旦那の言う通り、あっしは人と接することが多いでやす。

勇者パーティーの依頼の斡旋を引き受けたり、それに伴って冒険者ギルドや神言教との折衝なんかをしたり、依頼先の現地のお国の王族やら貴族やらとも話す場面はありますわな。

加えて物資の補給だとかで商人たちとも交流がありますし、表では口に出せない裏の稼業の人らともある程度付き合っていかにゃなりません。

あっしは旦那の奴隷《どれい》でやすが、勇者の威光もあって雑に扱われることはあんまないのが救いですな。

表向きユリウスが対応することもありやすが、実務レベルで人付き合いしている数ではあっしのほうが多いでしょうな。

「しかし、それがどう関係するんで？」

「俺たちみたいにただ戦うだけなら他の強い奴でもできる。だが、人と人との交流は長年の信頼関係あってこそだ。それを抜きにしても交渉やら仕入れやらのノウハウはすぐは身につかんだろ」

「まあ、そうっすな」

これでも勇者パーティーの裏方として長年活動してきてますからなぁ。

今すぐ他の誰かにあっしと同じことをしろと言って仕事を引き継いだとしても、まともに機能するわけはありませんな。

「俺たちはただ現場に行って戦えばいいだけだが、その前準備と後始末をするのはお前の仕事だ。そしてそれをまかせられるからこそ、俺たちは安心して戦いにのみ打ち込める。俺たちの活動を支えているのは、間違いなくお前だよ」

「そう言ってもらえると、嬉《うれ》しいっすな」

本当に、救われた気分になる。

巷《ちまた》での勇者パーティーの評価で、あっしだけはパッとしませんからな。

ユリウスはそれはもう絶大な人気ですし、ハイリンスも無駄に顔がいいから女性に人気がある。

ヤーナちゃんも裏表のない飾らなさと、生来の真面目《まじめ》さと人の好さもあって人気。

旦那も年配の方々から評価されていやす。

対してあっしは、「道具係」「ナイフ投げてるだけの奴」「そういえばいたっけ」と、散々な評価でやす……。

あれ？　おかしいでやすね。なぜか涙が……。

あっし自身、自分のやってることが地味で目立たないことは承知してやすが、それでもこうも人気がないと気落ちもするんでやす。

人気がないだけならばいいんでやすが、中には誹謗《ひぼう》中傷もありますからなあ。

奴隷の分際で勇者にうまく取り入った、そういったやっかみめいた陰口は大なり小なりありまさ。

あっし自身、できすぎてると感じるくらいですからなあ。

出身が公爵家でユリウスの幼馴染《おさななじみ》だったハイリンスに、聖女のヤーナちゃん、ソロでAランクに到達した凄腕《すごうで》の冒険者の旦那《だんな》。

あっし以外、みんなすごい人ばっかかでやすからなあ。

唯一パッとしないあっしにやっかみが集中するのは、しょうがないことでっせ。

だからこそ、あっしの働きを認めてくれる人がいるというのは、大きな救いになる。

「俺たちと関わりの深い連中はみんなお前の働きをよく知ってる。胸を張れ」

「そうできればいいんでしょうがねえ……」

何分あっしには誇れるものがない。

ハイリンスのような高貴な身分もない、どころか奴隷でやすし。

ヤーナちゃんのように多くの候補から選ばれたわけでもない。

旦那のように実力で周囲を黙らせることもできない。

ないないづくしでっせ。

「そんなことを言って……。怪盗千本ナイフの名が泣くぞ？」

「それを言わないでくだせえな……」

怪盗千本ナイフは、昔のあっしの異名。

「そうか？　ある意味俺たちの中で一番名が知れてると思うんだがな」

旦那はニヤニヤとしながら言ってくる。

たしかに、怪盗千本ナイフの異名は広く知れ渡っているでやす。

あっしが怪盗千本ナイフと呼ばれていたのは、旦那の奴隷になる前のこと。

その頃《ころ》のあっしは、不正をしている貴族や商人を相手に盗みを働いていやした。

そして、盗んだ品物を伝を使って換金し、その金で食料なんかを買って孤児院などに匿名で寄付していたんでやす。

これがまた市民には美談として人気がありやして、舞台や吟遊詩人の歌にもなるくらいでやす。

そのせいであっしの怪盗千本ナイフという異名は広まっちまいやして、ただの盗賊風情が有名人になっちまったんでやす。

そのおかげであっしのことを支援してくれる酔狂な方々と出会うことができた幸運もあったんでやすが、逆にあっしのことを疎ましく感じる方々もいたわけでして……。

有名になるというのも考えもんってこったでやす。

有名になればそれだけ警戒されてやりにくくなり、結局最後は人身売買組織のことを調べてる最中にとっ捕まっちまったわけですな。

そしてそのまま奴隷として売り払われ、旦那に買われて今に至ると。

「あの頃は若かったんでさあ」

今となっては怪盗千本ナイフの異名は、こっぱずかしい限りでやす。

「どんな言い訳をしても、あっしのしていたことは盗みでやすからなぁ」

「俺は立派なもんだと思うがね。お前が盗みに入ったことで後ろ暗いことをしていたのが露呈して裁かれた貴族や商人は多い。そして、お前の寄付によって救われた孤児も多い」

「そうですなあ。それに関しちゃ、よかったと思うでやす」

「ならいいじゃないか。誇れよ」

旦那に励まされ、あっしは苦笑を浮かべる。

「ユリウスを見ていると、どうしても誇れはしないでやすよ」

旦那は咄嗟《とっさ》に言い返す言葉が浮かばなかったのか押し黙った。

「ユリウスは、すごい」

人を称賛する言葉は数多くあれど、それらを並び立てることに意味はない。

ただただ、すごい、その一言でいいんだと、ユリウスを見てると思うでやす。

「ユリウスを見ていると、勇者というのはこういうものなんだなあと実感するでやす」

「だな」

旦那も肯定するように、ユリウスほど勇者という言葉が似合う人は他にいないでやす。

己が正しいと思うことを、貫き続ける。

それを幼いころからずっと続けているんでやすから、恐れ入りますさあ。

「ユリウスがやってきたことに比べれば、あっしのしたことなんて結局のところ、逃げなんでさあ」

あっしには悪に真正面から立ち向かう勇気がなかった。

だから、盗賊なんていう邪道に逃げて、正道でもって戦うことを避けたんでやす。

やったことに後悔はありやせんが、ユリウスならばきっと、盗みなんていう姑息《こそく》な手段に訴えず、真正面から戦うことを選択したでしょうや。

それがどんなに過酷な道であったとしても。

そう考えると、あっしは自分のしてきたことが恥ずかしく感じるんでさあ。

やってることは盗みで、あっしのしていたことは偽善だったんじゃないかって。

偽物じゃない本物たるユリウスを見ていると、どうしてもそう考えちまうんですわ。

「なるほどねえ」

そんなことを訥々《とつとつ》と語ると、旦那は納得したように頷《うなず》いた。

「お前の考えを否定はしない。だが、全面的に肯定することもできんな。人には向き不向きってやつがある。ユリウスには真正面から戦えるだけの力があった。お前にはそれがなかったから、お前のできる範囲で頑張った。それでいいんじゃないか？」

「たしかに、そういう側面もありますなあ」

ユリウスは王族で勇者。

対するあっしはしがない盗人。

お貴族様を相手にするのに肩書の差は大きい。

あっしがいくら不正をやめろと叫んだところで、それが聞き入れられるはずもないでやす。

そしてあっしでは、真正面からそういうお貴族様と戦っても、ぼろ雑巾《ぞうきん》のようにされるのが関の山でさあ。

「ま、そういうあっしの弱さも全部ひっくるめて、若かったっちゅうことですわ」

あっし自身に戦う力がなくとも、盗みを働くよりももっと他にできることはあった。

勇者パーティーの裏方として働き始めて、それを身にしみて感じてますわ。

あっしに真正面から不正を働いた貴族や商人を打倒する力はない。

しかし、あっしにできないんだったらできる人に任せればいい。

そんな簡単なことにも気づかず、あっしは盗みを働いていたってわけでさあ。

良かれと思ってやったことだとしても、盗みは犯罪。

それで救われた人がいても、あっしのやったことは犯罪には変わりないんでやす。

「まったく、強情だな」

旦那は呆れたように溜息《ためいき》を吐いた。

「性分でして」

「ふ」

旦那は呆れたまま笑みを浮かべた。

「と、話がだいぶ逸《そ》れたな。いかんいかん」

「……飲みすぎて酔ってるんじゃないでやすか？」

明日から戦闘になるというのに、旦那はあっしの見ている前で結構飲んでいる。

「馬鹿野郎！　酒を飲まずに戦いになんか出れるか！」

「いや、酔っちゃいけねーんでやすから、飲まないのが正解でっせ？」

「この程度で酔うほど弱くはない」

そこは自信満々に宣言することじゃないと思うでやす……。

「誰《だれ》が何と言おうと俺は酒を飲むぞ。なんせ、いつ飲めなくなるかわからんからな」

「旦那、それは……」

「戦いを生業《なりわい》にしている奴《やつ》にはそういう覚悟が必要だ。わかるだろ？」

「……そうっすな」

あっしも勇者パーティーの一員として、戦いの場に出ている。

戦闘能力で他のメンバーに劣るあっしは、何度となく死にそうになった。

こんなのを繰り返していれば、いつか死ぬ。

その確信はあった。

なるべく後ろのほうからサポートしているだけだったあっしですらそう思ったんでやす。

常に前衛として戦っている旦那はあっし以上に死を意識していたんでっしゃろ。

「俺も、ユリウスですら今回は生きて帰れるかわからん。お前の人脈はユリウスにとってなくてはならないものだ。そして、万が一だが、ユリウスが死んだならば、次代の勇者にとっても、お前の存在が大きな助けになるだろう」

だから残れと、旦那はおっしゃる。

しかし……。

「旦那。あっしはやっぱり、一緒に行きやす」

「……どうしてもか？」

「どうしてもでやす」

旦那は呆れたように首を左右に振り、コップの中に残っていた酒を一気に飲み干した。

「お前ならそう言うと思ったよ」

「面目ねえです」

形式上だけとはいえ、奴隷《どれい》が主人の言うことを聞かないのはいかがなものかとあっしも思うんでやすが、これぱっかりは譲れねえです。

あっしにも勇者パーティーの一員というプライドがありまさ。

一人だけおめおめと逃げるわけにはいかんでしょう。

勇者パーティーとして、かつてないほどの戦いに身を投じる覚悟はとっくにできてまさ。

「旦那があっしのことを必要な人間だって言ってくれるのは素直に嬉しいんですがね。その必要とされてる能力は他ならないユリウスのためのもんですわ。ハイリンスじゃないでやすが、あっしが死ぬのはユリウスの前じゃないといけねえと思うんでやすよ。あっしらはユリウスがいてこそですわ」

旦那はもしユリウスに何かあったら、新しい勇者にあっしの力を貸してやれと言ったが、そううまくはいかないと踏んでまさ。

ユリウスだからこそ、力を貸している人たちは多い。

なんせあっしもその一人なんだから。

新しい勇者が誰になるかはわかりやせんが、すぐに力を貸せるかと言えば、心情的に厳しいものがありまさ。

だったら、ユリウスが死なないように最大限力を尽くす。

これに限ると思うんでやす。

たとえ、その結果あっしが死ぬことになったとしても。

「強情だな」

「性分でして」

ついさっきとほぼ同じやり取りを繰り返し、どちらからともなく笑みを漏らす。

旦那はそれ以上説得を重ねてこようとはしなかった。

きっと旦那もあっしが首を縦に振らないとわかっていたんでっしゃろ。

それでもこうして話したということは、そういう道もあるんだとあっしに教えるため。

まったく、奴隷の主人らしからぬ配慮でやすね。

そういう旦那だからこそ、あっしも奴隷という身分に文句なく付き合えるんでやすが。

「旦那」

「ん？」

「ありがとうごぜえやす」

「あー。やめろやめろ。戦いの前にそう言うことはいうな。縁起が悪い」

戦いの前に日頃《ひごろ》の感謝を告げたりといった行為は、生き延びる気がないと受け取られ、縁起が悪いとされているでやす。

それでも、ここは言っておくべきだと思いやした。

「旦那。もし、あっしが足を引っ張りそうになったら、迷わず切り捨ててくだせえ」

「おい」

「あっしの役目は勇者パーティーが心置きなく戦えるようにすることでやす。そのあっしが、足を引っ張るようなことがあっちゃいかんでしょう」

「……」

「だから、あっしよりも目の前の戦いを。そして何よりもユリウスを優先してくだせえ」

「……わかった」

旦那《だんな》は目を閉じて腕を組みながら、不承不承肯定した。

「さて、そろそろお開きにするか」

用意した酒は旦那が全《すべ》て飲み干し、肴《さかな》もなくなっている。

時間的にもお開きにして、戦いに備えて英気を養ったほうがいい頃合。

「そうですな」

「ホーキン」

旦那は立ち上がりながらあっしの名前を呼ぶ。

「お前が必要な人間だというのは変わりない。それを覚えておけ」

「……ええ」

旦那はそう言って部屋を後にしていく。

それが「死ぬなよ」という、遠回しの励ましだと気づけないほど、あっしは鈍感じゃありません。

「旦那も」

もういなくなった旦那の背中に向けて、あっしは呟《つぶや》いた。

Hawkin
ホーキン

本名ホーキン。平民出身のため苗字はない。かつて怪盗千本ナイフの異名で呼ばれていた有名な盗賊。汚職にまみれた貴族や豪商を相手に盗みを働き、それを貧しい人々に分配していた義賊。しかし、人身売買組織の調査していたところを捕まってしまい奴隷落ち。ジスカンに買われたことで彼の奴隷となった。便宜上ジスカンの奴隷ということになっているが、立場は対等。勇者パーティーの中では戦闘能力が一番低いものの、様々な雑事をこなすことで貢献している、陰の功労者。

アーグナー

運命。

人には生まれながらにして決められた道筋が用意してあり、それに逆らうことはできない。

良きことも悪しきことも、すべては運命によって決められている。

下らぬ考え方だ。

しかし、運命ではないが、人の身には抗えぬ流れというものは存在する。

儂《わし》の人生はその流れに逆らい続けるものだった。

滅びに向かって流されていく魔族という種を、存続させるために逆らい続ける。

今でこそ魔族の中で年を経て古参となった儂だが、当然のごとく生まれて間もない頃《ころ》は若輩であった。

そしてその頃からもう、魔族の命脈は途切れる寸前にまで追い込まれていた。

長く続きすぎた人族との戦争は、魔族を疲弊させるに十分すぎた。

人族と魔族とでは全体数に差がありすぎる。

いくら魔族のステータスが人族よりも優れるとは言え、もはや歴史書にすら始まりがわからぬほどの大昔より戦争をし続けていれば、勝敗の天秤《てんびん》がどちらに傾くかは自明。

そのまま人族と争っていれば、敗北は時間の問題。

それどころか、放っておいても魔族は立て直すことができずにいずれ滅びる。

遅いか早いかの違いでしかない。

しかし、儂以外の誰《だれ》もかれもがそれに気づいていない。

否。気づいていながら目を逸《そ》らしていた。

すでに未来は見えている。

が、しかしそれはあくまでも未来の話。

まだ先のことであり、自分たちが生きている代では起こりえない悲劇。

であれば、それまでと同じ方針で動いたほうが楽なのだ。

いつの時代も、変革というものは受け入れにくいもの。

それがいずれ訪れる破滅を想定したものであれば、目を逸らしたくなる気持ちもわかる。

それに何より、魔王という存在が変革を許さない。

魔王とは、システムの傀儡《かいらい》だ。

生贄《いけにえ》とも言う。

人族との戦いを魔族に強要しなければならない、傀儡にして生贄。

敵である人族のみならず、味方である魔族からの恨みも買わねばならない哀れな存在。

だが、その影響力は魔族にとって無視できるものではなく、魔王がいるからこそ、魔族は人族との戦争を止めることはできなかった。

それもそうだ。

魔族の命運よりも、世界の命運のほうが優先される。

当たり前の話だ。

魔族が滅びても世界は存続するが、世界が滅びれば魔族も存続できない。

どちらを優先するかなど自明の理。

滅びの道を歩まされる我らの身としてはたまったものではないが、大義の前ではそれすらも些事《さじ》となる。

それがわかっているからこそ、不満はあれど魔族はこれまで魔王に従ってきた。

従わざるをえなかった。

儂もまた、忸怩《じくじ》たる思いを胸に秘めながらも、できうる限り魔族の被害を少なくするよう戦う程度のことしかできなんだ。

このまま魔族が滅びの道を歩んでいくのを、ただ座して見ていることしかできないのか。

流れに逆らいながらも、抗えぬのだという怒り、嘆き、そして諦観《ていかん》。

しかし、それも魔王不在という想定外の時代を迎えたことにより揺らぐ。

魔王とは魔族の頂点であると同時に、システムの広告塔でもある。

魔族がなぜ人族と戦わねばならぬのか。

その理由を魔族に知らしめるのが魔王の第一の意義。

魔族は魔王という抗《あらが》いがたい権力に追従しているわけではなく、システムという残酷な真実を打ち明けられたがゆえに苦渋を飲んで自ら戦いに赴くのだ。

だが、それは実際に魔王に謁見《えっけん》できる高位の魔族のみ。

しかしそれで十分。

今もなお、儂の脳裏には先々代の魔王様の、あの狂気を宿した顔がはっきりと思い出される。

「贖《あがな》わねば……」

それが先々代魔王様の口癖であった。

あのお方は、魔王の称号を得てから変わられた。

魔王の称号によって得られる、禁忌LⅤ10のスキルによって。

何かに追い詰められ、日々憔悴《しょうすい》し、我らを戦いに駆り出し、自らも率先して戦場に立った先々代魔王様。

そんな苛烈《かれつ》な方が、魔王に就任する前は温厚だったことを知る者は、もう少なくなってしまった。

あの変わり様をまざまざと見せつけられれば、その口から語られるシステムのことを戯言と切って捨てることは難しい。

そして高位の魔族は魔王に従うようになり、さらに高位の魔族が従えば、その下にいる魔族たちも追従する。

その行為が魔族の命脈を先細らせるものだとしても、従ってしまう。

そういう風にできていた。

だが先代魔王が行方《ゆくえ》をくらませ、システムの広告塔がいなくなったことで、魔族の意識は変わった。

人族とこのまま戦争を続けている余裕などないということに気づいたのだ。

それまでは代々の魔王の狂気に押され、人族との戦争を続けてきた魔族。

だがその魔王がいなくなれば正気になろうというもの。

いくら戦争を続けねば世界が危ういのだと言われようと、それを一番大きな声で叫ぶ魔王という存在がいなければ、目に見えない未来の危機よりも目に見える直近の危機に視線が行くのは道理。

魔王不在の期間、人族との争いは控え、復興に力を入れることができた。

時代が儂に味方した。

それは半ば折れかけていた儂の希望の光が、また元の輝きを灯《とも》すには十分な出来事。

そして、その次の魔王となるのは、十中八九儂だ。

魔王不在の期間、そして儂が魔王となって魔族を治めている期間、二代にわたって復興を続ければ、かなりの延命にはなる。

それでも延命。

そして、儂もまた、魔王になれば先々代と同じように変わってしまう恐れもあった。

しかし、そうなった場合に備え、信頼のおける側近には儂がもし変わってしまったのであれば、幽閉して復興に努めるよう言づけてあった。

幽閉場所も用意していた。

儂にできることは全《すべ》てやっておきたかったのだ。

しかし、それは想定外の出来事によって徒労となる。

魔王に選ばれたのは儂ではなかった。

それだけならば計算違いではあるが想定外とまでは言わぬ。

システムが魔王を選ぶ基準は不明だ。

儂が最有力と目されてはいたが、それ以外に適任がいないわけでもなし。

バルトなどが選ばれることもありえた。

しかし、魔王に選ばれたのは儂が想定していた誰でもなかった。

そもそも、その存在すら知らなかったお方だった。

否。存在自体は知っていた。

おとぎ話の登場人物として。

昔々、女神に仕えていたという、最古の神獣。

それが今代の魔王、アリエル様。

おとぎ話の中の登場人物で実在を疑われるような方。

なによりも、そんな方が現代まで生きているということが信じられん。

見た目は年端もいかぬ娘であり、それがいきなり魔王を名乗っても急には信じられない。

正直に言えば不信よりもまず困惑が先に立った。

見ず知らずの少女が魔王になったと訪ねてきて、さらには自身の正体がおとぎ話として語られる最古の神獣だというのだから、さもありなん。

しかし、儂のその反応を見越していたのであろう、鑑定石を差し出して自らを鑑定させた。

そしてその結果を見れば、その言を疑うことはできなくなってしまった。

ステータスの全てが九万前後。

膨大な量と質のスキル。

ステータスは千を超えれば英雄と呼べる力量を持っているとされる。

人族でその領域にたどり着けるのはほんの一握りであり、それよりもステータスが優れるといわれる魔族でも容易ではない。

魔王や勇者のような特別な存在であればその倍、あるいは三倍に届こうかというステータスを誇ることもある。

が、九万などという馬鹿げた数値など、それまで見たことも聞いたこともなかった。

さらに、スキルの量も一般的な兵の倍は堅い。

しかし、着目すべきはその量ではなく、質。

スキルはスキルレベルが上がれば上がるほど、レベルを上げるのが難しくなる。

一つのスキルのレベルを上げきるのは、それこそ人生の大半を費やすくらいの修練が必要となる。

才能がなければそれすらかなわないことも珍しくない。

才能があってもスキルによっては上限に到達するのは不可能とされているものも多い。

だというのに、上限に達したスキルのなんと多いことか。

唖然《あぜん》。

我が人生においてあそこまで自らの目を疑い、放心したことはなかった。

そして絶望したことも。

あらゆる可能性を考慮して、備え、復興に力を尽くしてきた。

だが、アリエル様が魔王に就任したことはあまりにも想定外。

ようやく光明が見えてきた魔族の復興。

それを奈落《ならく》の底《そこ》に突き落とす、人族との全面戦争を行うという、アリエル様の方針。

歴代の魔王がシステムの傀儡になりながらも、それでも最後の一線として守りぬいてきた、魔族の存亡。

それすらアリエル様は捨てていいと考えている。

アリエル様は魔王であった。

正しく魔王であった。

そして儂にとっては、絶望を告げる使者であった。

個の戦力において、アリエル様は間違いなくこの世界最強。

対抗できるのはそれこそ管理者か、ポティマスくらいしかいない。

その戦力を背景にして、我ら魔族に死地に赴けと脅迫してくるのだ。

これを絶望と呼ばずして、何と呼ぶ？

拒否することはできない。

すればアリエル様の牙《きば》が我らに向かう。

それを躊躇《ちゅうちょ》する方ではない。

アリエル様が魔王になった時点で、我らに残された道は二つに一つ。

アリエル様の指示通り人族との全面戦争に臨むか、アリエル様と事を構えるか。

どちらかしかない。

儂は後者を選んだ。

はっきり言おう。

それは悪手である。

アリエル様一人と人族全て、どちらを相手にするのが正しいか。

一見すればたった一人を倒せばいいだけのアリエル様のほうが簡易であるように思える。

否。断じて否。

魔王や勇者は一人で一軍に相当する。

ステータスが倍以上というのはそういうことだ。

アリエル様のステータスは、その魔王や勇者の数十倍。

一軍どころではない。

たった一人で世界を滅ぼしかねない。

魔族のみならず、人族の総力を合わせて挑んだとしても、勝てる光景が想像できぬ。

アリエル様に挑むのであれば、人族に挑んだほうが勝算はあった。

だが、それをわかりながら、儂《わし》は悪手を打った。

打たざるをえなかった。

たとえ人族に勝利しようと、アリエル様が魔王であり続ける限り、いずれ魔族は滅ぼされる。

それはいつか遠い未来に訪れる結末ではなく、すぐ近くの将来に起こりうる悲劇。

儂が逆らい続け、なんとか先延ばしにしようとしていた魔族の滅亡。

少なくとも儂が生きているうちには起こりえないと思っていたそれが、儂の目の前で起こりうる状況になってしまった。

それを許容することはできない。

許容してしまえば、儂のこれまでの人生を否定することになる。

理性では無謀であると理解している。

しかし、理屈ではないのだ。

あまりにも詰みに近い局面。

悪手とわかっていながらも、そうせざるをえない。

そして、悪手はやはり悪手。

当然のごとく儂の謀りは失敗に終わった。

それも、儂の想定を大きく下回る形で。

元第七軍軍団長のワーキスをたきつけ反乱軍を組織させ、そこにポティマスを一枚かませる。

儂が接触できる中で唯一アリエル様に勝算のあるポティマスを動かす。

そして両者をぶつけ合わせる作戦だったが、反乱軍は呆気《あっけ》なく鎮圧され、ポティマスもろくな働きができずじまい。

両者をぶつけるどころか、アリエル様は魔王城から一歩も動くことすらしなかった。

アリエル様が動くまでもなかったのだ。

儂の計略ではアリエル様を討つどころか、動かすことさえかなわなかった。

さらに儂が裏で反乱軍とポティマスを動かしていたことを見抜かれている始末。

そのうえで釘《くぎ》を刺されてしまえば、残された道は人族に勝利するよりほかなし。

その場で首を落とされなかっただけ僥倖《ぎょうこう》。

……果たして、それは本当に僥倖だったのであろうか？

儂が生きている限りは、できる範囲で魔族の延命に奔走することができる。

しかし、それはもはや徒労である。

アリエル様がいる限り、魔族の滅亡は避けようがない。

遥《はる》か昔から生き続けており、寿命などないに等しいアリエル様。

永劫《えいごう》生き続けるアリエル様が、魔族を戦争へと誘い続ける。

それは逃れられない破滅だ。

儂はそれを覆せなかった。

覆すだけの力が、なかった。

儂のすることすべてが徒労に終わるとわかっていて、なお足掻《あが》き続けることに、果たして意味はあるのか？

首を落とされ、敗北者として潔く散ったほうが、まだ有終の美を飾れたのではないか？

考えても詮のないことだ。

儂は生きている。

であれば、今まで通り最善と思ったことをしていくしかない。

年を取ると生き方を変えることは難しい。

結局のところ、儂は死ぬまで流れに逆らい続けるしかできぬであろう。

有終の美などもはや飾れぬ。

なればこそ、泥臭く地を這《は》いずり、歯を食いしばっていこうではないか。


「……」

不機嫌に遠くの砦《とりで》を睨《にら》みつける男がいる。

「ブロウ、落ち着くがよい」

儂はそんな男に声をかけた。

「落ち着いてますよ」

そう言いながらも、ブロウは足を忙《せわ》しなく揺らしている。

落ち着いているようには断じて見えない。

「お主が気を揉《も》んだところで戦況は変わらぬ。将であるならば余裕を見せることもまた重要な仕事であるぞ。周りを見よ。お主の部下たちが不安な表情を浮かべておるだろうが」

儂に指摘され、ブロウが周囲にいる部下たちの表情を見回す。

ブロウの側近たちは主人の落ち着かない様子を不安に思い、それが表情に出ておった。

主も主ならば、部下も部下。

態度も表情も取り繕えておらぬ。

「……すんません」

自身の態度が部下たちに悪影響を及ぼしていたことを察し、ブロウはばつが悪そうに謝罪した。

「よい。どうせ前線におるお主の部下たちには、その情けない姿も見えぬであろう」

「ぐっ！」

ブロウが羞恥《しゅうち》をこらえるように呻《うめ》く。

ブロウが率いる第七軍、そして儂が率いる第一軍は現在、クソリオン砦の攻略を行っている。

クソリオン砦は人族の要塞《ようさい》の中でも特に堅牢《けんろう》であり、地勢的にもそれに見合うだけの重要拠点となっている。

他の軍団長が一軍だけで各砦の攻略を行っているのに対し、二軍を投入しているという現状がクソリオン砦の難度を物語っている。

が、現状攻めているのは第七軍のみ。

それも被害を顧みない無茶な攻めを行っている。

無論、そのように攻めれば被害は甚大である。

クソリオン砦は一朝一夕で攻略できるものではない。

長らく魔族の侵攻を防ぎ続けたその要塞は、時代とともに拡張を続け、複数の防壁が築かれている。

まともに攻略しようと思えば、防衛側の倍以上の人数を動員してなお、数か月、下手《へた》をすれば年単位で戦い続けねばならない。

数で劣る魔族に防衛側の倍以上の人数など用意できるはずもなく、ステータスの優位も防壁という地形の優位の前には霞《かす》む。

そして長期戦を維持できるほど、今の魔族には余裕がない。

重税を課して民から食料などを搾り取っているため、ある程度の蓄えはある。

しかし、人族の蓄えはそれ以上であり、継続的な生産力も魔族の比ではない。

人員の補充も、こちらがすでに限界まで徴兵しているためにほぼ不可能なのに対し、人族は他国に呼びかければまだまだ追加の兵が派遣されてくるだろう。

長期戦では勝ち目がない。

それゆえの短期決戦。

しかし、無理をした攻めは相応の報いとなって跳ね返ってくる。

第七軍の被害は大きい。

彼らの役割は決死の特攻によって活路を開くこと、ではない。

第七軍の役割は、派手な演出をし、敵をおびき出す餌である。

無理な攻めをすることによって、第七軍の被害は大きい。

しかし、そのかいあって敵にしいる出血も小さくはない。

ならば釣れるはずだ。

その時に備え、第一軍は温存していればよい。

餌となった第七軍には気の毒であるが、致し方なし。

ブロウもそれがわかっているからこそ、不機嫌ながらもこの作戦に異を唱えていないのだから。

第七軍とは、先の反乱を起こした兵によって構成されている。

実際には反乱は起きる前に鎮圧されているため、反乱未遂であるが、些末《さまつ》な違いであろう。

だが、その些末な違いによって、首謀者のワーキスは処刑となったが、兵にまで累が及ぶことはなかった。

……という建前となっておる。

実際の第七軍の扱いは、今餌として前線に駆り出されていることから察せよう。

彼らは体の良い、使い捨てにしてもかまわぬ死兵である。

過去に反乱を起こした兵士たち。

それをアリエル様に普段から盾突いているブロウに預ければ、アリエル様に不満を抱く不穏分子は自然とそこに集まっていく。

少しでも頭の切れる者であれば、ワーキスやネレオが処刑され、さらには儂がアリエル様に恭順を示していることで、アリエル様に盾突くのが愚の骨頂であると察する。

それがわからぬ者たちは、ブロウの元に押し付けられる。

そうなるようにできている。

ブロウが彼らを率いて反旗を翻すも、押さえつけてアリエル様に従うも、どちらにしてもアリエル様にとって悪いようにはならぬ。

反旗を翻すならば叩《たた》き潰《つぶ》して見せしめにしつつ、システムのエネルギー補充に使える。

従うのであれば戦力として使い潰すだけのこと。

そしてブロウは見事に彼らの頭を押さえつけ続け、暴発することなく今この時まで軍をまとめ上げてみせた。

その手腕は称賛に値する。

しかし、ブロウは感情的でありすぎた。

アリエル様を真っ向から否定しすぎた。

その愚直さを利用され、使い潰す者たちの頭とされてしまったのは、災難であり自業自得でもある。

だが、追い詰められ、面倒ごとを押し付けられながらも、腐らずに第七軍をまとめ上げた。

根は真面目《まじめ》な男だ。

そして、情に厚い男でもある。

だからこそ、使い潰されている第七軍の兵士たちを心底案じ、その死を嘆き、憤り、焦る。

早く釣れろと。

「ブロウ。どうやら釣れたようだぞ」

だからこそ、すぐさま朗報を届けてやる。

「！」

「準備せよ」

勢いよく顔を上げたブロウに儂はそれだけを指示する。

目的は達した。

しかし、それは第一段階でしかない。

第七軍に多大な被害を出し、ようやく釣り出した。

むしろここからが本番なのだ。

釣りだした相手を倒せねば、勝ち目はない。

「勇者のお出ましだ」

人族の希望、勇者。

その首をここでとり、人族の士気を挫《くじ》く。

魔王であるアリエル様の首はとれなかった。

その時と同じように、これもまた悪手。

しかし、悪手でも打たねばならぬ。

ブロウと同じく、儂もまた災難であり自業自得を背負っているのでな。

V
魔族軍第一軍
アーグナー
魔族軍第七軍
ブロウ
クソリオン砦
勇者パーティー
ジスカン
ホーキン
ハイリンス
ユリウス
ヤーナ

クソリオン砦攻略戦の**ここがポイント！**

白ちゃんの解説コーナー！
大佐とチンピラの二人が攻めることになる砦は、何もない！
え？　何かあるだろって？
チッチッチ。
この場合何もないというのが重要なのだよ！
何の特徴もない平野っていうのはそれつまり行軍しやすいってこと。
大軍を動かしやすい地形ってことは、それだけ重要な場所ってことだ。
人族側からしてみれば、そこを守らないと大軍が押し寄せてきちゃうわけだからね。
他がどうなろうとここだけは絶対に死守しなきゃいけない。
それがこのクソリオン砦！
それだけ重要な拠点だからこそ、大佐とチンピラの二軍団で攻めてもらうわけね。
それは人族側にも言えることで、砦を守る人員は他の所よりはるかに多い。
そして、人族最大戦力である勇者もこの砦に配備されてる。
純粋な魔族じゃ最強の大佐と、人族の象徴の勇者。
まさに天王山。
ここの戦いが、この戦争の勝敗を決めると言っても過言じゃない。
見守る私の手にも力が入るってもんですよ！
……それにしても、この砦の名前なんとかならなかったのかなぁ？

ジスカン

冒険者になったのはたまたまだった。

成り行きと言ってもいい。

伝のないガキがまっとうに金を稼ぐのに、一番手っ取り早かったのが冒険者になることだったというう、ただそれだけの理由だ。

俺の生まれ故郷は辺鄙《へんぴ》なところだ。

村とも言えない、ボロ小屋が数軒建っているだけのみすぼらしい場所だ。

魔物避けとなる壁もなく、ほとんど意味のない細い枝で作られた柵《さく》だけが頼りなくらいだった。

いつか魔物か盗賊かに襲われて死ぬ。

それなのに今まで大丈夫だったんだからこの先も大丈夫だと、妙な自信をもってその暮らしから抜け出そうとしない。

そんなわけがないのにな。

それがわかっていたからこそ、俺はガキの頃《ころ》に故郷を一人離れ、冒険者になった。

最初の頃はその日暮らしで大変だった。

なんせガキだ。

冒険者の主な仕事は魔物を間引くことだが、ガキにはその魔物討伐が許されていない。

魔物は人を殺すと急激にレベルが上がり、場合によっては進化することもある。

それが理由で冒険者は死ぬことがないように制度が作られている。

ガキや駆け出しが無謀なことをしないよう、きちんと適正な仕事を割り振るのが冒険者ギルドの役目だ。

冒険者は誰《だれ》でもなれるが、誰でも稼げるわけじゃないってことだ。

一番稼げるのは魔物討伐だが、ガキの頃はそれが許されず、雑用みたいな仕事しかできない。

一日中駆けずり回って、得られたなけなしの金はその日の食事代と寝床の確保のために消えていく。

そんな生活を続けていた。

俺みたいな浮浪児が冒険者になることは珍しくない。

そして、そういう奴《やつ》はたいていその生活に耐えられなくなり、スリなんかの軽犯罪に手を出して身を持ち崩す。

俺からしてみれば阿呆《あほう》極まりないが、一日中働いてようやく得られる金銭が、一回のスリで得られてしまう。

それで楽を覚えてそっちの道に走ってしまう奴の多いこと多いこと。

ま、そういう奴が次の年まで残ってることはほとんどないんだがな。

スリは楽に金が稼げる方法かもしれないが、金を得る代わりにその後の人生を犠牲にする。

そういう連中は真面目に働く俺のことを馬鹿にしていたが、俺からしてみれば奴らのほうがよっぽど馬鹿だ。

別に俺はスリが悪いことだからやらなかったわけじゃない。

ただ、割に合わないからやらなかっただけだ。

一時だけ金を得られても、その後は高確率で牢《ろう》の中にぶち込まれるんだ。

自分は捕まるわけがないと、妙な自信を持ってスリを続ける奴が多かったが、捕まらないはずがない。

故郷の連中もそうだが、どうして人は自分のことは特別だと思いたがるんだか。

結局、故郷は盗賊に滅ぼされ、スリをやってた連中は一人残らずとっ捕まった。

俺は自分のことを特別だと思わず、ただ危険を避けていただけ。

俺と連中の差なんてのはその程度だ。

そんな俺が冒険者として大成し、勇者パーティーの一員になるとはな。

ガキの頃の俺にそれを教えても信じてもらえないだろう。

なんせ俺自身が一番驚いているんだからな。

冒険者になったのはたまたまだったが、どうやら俺には向いていたらしい。

複数の武器を使いこなす武器のエキスパート、なんて呼ばれているようだが、そうなった理由を思い出すと苦笑いしてしまう。

俺が複数の武器を使うようになったのは、単純に武器がなかったからだ。

武器がないのに複数の武器を使うようになったというのはどういうことだ？

俺の話を聞いた奴はだいたいそういう風に聞いてくるんだが、要するにまともな武器がなく、先輩冒険者のお古や、廃棄するようなボロ武器、そういうのを使いまわしていたわけだ。

なんせ金がなかったからな。

選《え》り好みできる状況でもなかったし、あるものは何でも使った。

店で買うようなしっかりとしたもんじゃないから寿命も短く、俺はあらゆる武器を使い捨てるように振るっていったのさ。

おかげで稼ぎが安定し始め、ようやくまともな武器を買える頃には、俺は様々な武器に精通していたってわけだ。

俺に憧《あこが》れる若手の冒険者がこの事実を知ったら幻滅されそうな、何とも地味なエピソードだ。

若手の冒険者の間では、俺の真似《まね》をして複数の武器を使うのが流行《はや》っているらしい。

それが良かったのか悪かったのか、自分でも判断に苦しむ。

複数の武器を使うのはメリットとデメリットがはっきりしている。

メリットは、対応力が増すことだ。

魔物は種類によって有効な攻撃手段が異なる。

斬撃、打撃、貫通、衝撃。

有効な属性もあれば不利な属性もある。

それらをしっかりと意識し、有効な武器で挑むことができれば、戦いはぐっと楽になる。

ではデメリットはというと、スキルの伸びが悪くなることと、嵩張《かさば》ること、さらには武器の維持費に手入れの大変さなどなどだ。

スキルのレベルを上げるのならば、一種類の武器を使い続けたほうがいいのは当たり前の話だ。

複数の武器を使えばその分鍛えなければならないスキルの数も増え、スキルの上がりも分散されてしまう。

同格の剣一筋の冒険者と俺が剣で勝負をすれば、負けるのは俺のほうだろう。

そして、嵩張る。

状況に合わせて臨機応変に武器を替える必要があるんだが、そうなるといつでも複数の武器を持ち歩かなければならない。

空間魔法の空納が付与された入れ物でもあればいいんだが、空間系の付与がされた一品はもれなく高い。

数が少ないうえに需要も多いので、高額なのに市場に出回るとすぐに売り切れてしまう。

そしてさらに値が張っていくという悪循環だ。

が、ホーキンが格安で買ってきたものを俺は持っている。

おかげで俺は大量の武器をガチャガチャ背負うことなく、戦場に出ることができる。

それまでは重い武器を本当に背負って運んでいたからな……。

ホーキンに感謝せねば。

ただ、持ち運びの問題が解決されても、武器の維持費はかかるし、手入れは欠かさず行わなければならない。

武器は自分の命を預ける相棒だ。

手入れを怠り、戦闘中に破損して危険な目に遭うなんてことがないよう、常に最善の状態にしておかなければならない。

俺は駆け出しのころ、ボロ武器を使っていてその危険性をよーく知っている。

そういう経験があるからこそ今の俺があるわけだが、武器はちゃんとしたものを使わなきゃならん。

そしてちゃんとした武器をそろえようと思えば、金がかかる。

手入れにもな。

武器の値段はその性能と比例している。

俺くらいの冒険者になってくると、ある程度以上の品質の武器でなければならない。

俺のステータスに耐えられる武器でないと、一回振るうごとに買い替える羽目になる。

冒険者は強くなればなるほど実入りはよくなるが、その分装備にかけなければならない出費も多くなる。

俺はそういったただでさえ馬鹿高い装備を、さらに複数揃えないといけない。

ただ高いだけじゃ駄目だ。

ちゃんと信用のおける職人に作ってもらい、そこで手入れをしてもらったものでなければならない。

そういった職人との橋渡しもホーキンにしてもらったりしている。

とある国からの依頼で人身売買組織と接触していた時、たまたま目についたホーキンを買ったわけだが、俺の人生においてあれこそが最高の判断だったと今ならはっきり言える。

ホーキンがいなければ俺は今頃破産していただろうからな……。

俺が勇者パーティーに加わった理由は、ソロでの活動に限界を感じ始めていたからだ。

それは嘘《うそ》じゃない。

だが、世間では俺がソロで戦い続ける実力に限界を感じて、ついて来れる仲間を探していた、という風に見られている。

ソロで活動している冒険者がいないわけではないが、そういう奴《やつ》は大成しない。

常に死と隣り合わせの戦いに身を投じる冒険者という職業柄、ソロというのはリスクが高すぎるからだ。

誰か一人が失敗しても、仲間がそれをカバーすることができるパーティーとは違い、ソロの場合はたった一つの些細《ささい》な失敗が死に直結しかねない。

パーティーで連携すれば容易《たやす》く勝てる相手にも、ソロで挑めば難易度は跳ね上がる。

だからこそ冒険者は実力の近いもの同士でパーティーを組む。

が、俺はずっとソロでやってきた。

別にソロにこだわっていたわけじゃない。

ただ、駆け出しのころはガキだったし金欠だったしで組んでくれる奴がいなかった。

その流れでズルズルとソロ活動を続けていたらいつの間にかAランクにまで上り詰めてしまい、実力のあった他の冒険者がいなくなってしまったのだ。

冒険者になった理由と同じで、たまたまそうなってしまったというだけのことだな。

だが、それでよかった。

幸いにして俺の実力ならば大抵の魔物は一人で対処できる。

対処できない魔物とは初めから戦わなければいいだけのことだ。

だから、俺は実力不足でソロ活動に限界を感じていたわけじゃない。

もっと切実な理由として、金がなかったんだ……。

冒険者は魔物を倒して稼ぐ。

その稼げる額は倒した魔物の強さにだいたい比例する。

しかし、大金を稼げるような強力な魔物はそうそう出てくることはない。

普段人が足を踏み入れない秘境に赴けば、危険度Aランク以上の魔物にも出会えるが、そういう場所に行って帰って来れる冒険者は少ない。

ソロの俺がそんな場所に行って帰って来れるかといえば、まず無理だろう。

生き残るだけならば、魔物に見つからないようこっそり隠れていればいいかもしれないが、それじゃ稼げない。

かといって弱い魔物を乱獲するのもよろしくない。

魔物を間引くのは大切なことだが、乱獲しすぎれば生態系を乱し、思わぬ反動を生むことになる。

ほどほどに間引くのが一番だ。

俺の実力ならば食うのに困ることはない。

だが、俺の実力だとそれに耐えられる高価な武器を用意する必要がある。

それも複数。

食うのには困らないが、装備をきちんとそろえようと思えば莫大《ばくだい》な金額がかかる。

しかし、それくらい稼げる依頼というのはなかなかない。

高額な依頼というのは強力な魔物を倒すようなものか、国が絡んだものか。

Aランクとは言えソロで活動していた俺には、どちらの依頼もあまり舞い込んでこなかった。

実力に見合った依頼がないがために、俺は金欠に陥り、結果ソロでの活動に限界を感じていたのだ。

情けない限りだが。

俺に憧れる若手冒険者の諸君、夢を壊すようですまんな……。

そういったわけで、とある国から依頼された人身売買組織の調査、またその後の人身売買組織討伐隊への参加は、俺にとっては願ったりかなったりだった。

国からの依頼はそれだけ高額だし、討伐隊は多くの国が資金を出している。

さらに、討伐隊は各国の精鋭が集まった集団だ。

うまくすればどこかの国に召し抱えてもらえるかもしれない。

そういった打算もあり、俺はホーキンともども討伐隊に加わった。

ホーキンが純粋に幼い勇者のことを心配していたのに対して、俺は何とも現実的なことを考えていたわけだ。

そして討伐隊が解散になり、俺は勇者パーティーの一員になっていた。

……自分でも驚きだ。

討伐隊の解散の宴《うたげ》で、ユリウスに声をかけたのは単なる気まぐれだった。

幼いながらにいろいろなものを背負っているユリウスに、人生の先達としてアドバイスの一つでもしてやろうかと、そんな程度の軽い気持ちで。

討伐隊の活動を通じて、俺はユリウスの人となりを見させてもらった。

なんともまあ、青臭いというのが正直な感想だった。

これでも冒険者として酸いも甘いも経験してきた身からすれば、ユリウスの甘っちょろさは見ているこっちが気恥ずかしくなる。

そして、危ういとも感じていた。

まっすぐであることは悪いことじゃない。

正義感の強い人間も必要だ。

だが、世の中きれいごとだけじゃ成り立たないのも事実。

清濁併せのんでこそ、大人ってもんだ。

だから、綺麗《きれい》な部分だけを追い求め続けた人間は、汚いものを直視した時に脆《もろ》くなる。

目を逸《そ》らして見なかったふりができればいいが、たいてい正義感の強すぎる人間というのはそこで心が折れる。

そうならないよう、討伐隊はユリウスに早くから汚いものを見せるための場所でもあったんだろう。

俺はユリウスがそれをきっちり理解しているかどうか、確かめつつ助言するか、と声をかけた。

そうしたらどうだ？

「僕も、人が簡単に悪の道に走ることを、討伐隊を通じて見てきました。でも、だからこそ、僕の力が必要なんです」

「僕は勇者です。勇者は人々の希望の象徴。正義の証《あかし》。そして、悪の敵です。僕が人々の希望になり、悪は必ずや僕が許さないという姿を見せ続けます」

「僕はここにいる。勇者はここにある。それを、人々に知ってもらいたい。そうすれば、きっと未来は希望にあふれている」

清も濁も、両方とも理解しながら、それでも目を逸らさず、心折れることなく、濁を清にしてみせると豪語しやがった。

なるほど、これが勇者かと納得させられた。

子供のくせに、こいつ以外に勇者は務まらないと、そう確信できるだけのものがあった。

そして気づけば俺は自分を売り込んでいた。

なぜそんなことをしたのか、自分でもよくわからん。

ユリウスがそれを迷うことなく承諾したのもよくわからん。

かくして俺は勇者パーティーの一員となった。

人生何が起きるかわからないもんだ。

だが、後悔はない。

勇者の仲間なら金に困ることはない。

ホーキンがいろいろと駆けまわってくれたおかげなんだが、俺は金欠にあえぐことなく存分に力を振るうことができる。

そして勇者パーティーということで名声も高まる。

至れり尽くせりだ。

孤児とほぼ変わらん境遇だったガキの頃《ころ》から考えれば、俺は冒険者としてこれ以上ないくらい大成したと言えるだろう。

満足だ。

俺にはどうも上昇志向というものが欠けている。

冒険者としてAランクになったのも、強くなろうとしてなったわけではない。

ただ暮らしをもう少しどうにかしなければと、貧乏にあえいでいた時に必死になっていたら、いつの間にかそうなっていただけのことだ。

勇者パーティーの一員として、望外に富も名声も得られたが、俺はそれ以上を求める気はなかった。

欲がないと言われるが、俺自身はそう思っていない。

人並みの欲はある。

うまいものをたらふく食いたいし、いい女を抱きたい。

金はあれば嬉《うれ》しいし、名声のおかげでちやほやされるのも気分がいい。

ただ過ぎた欲望や野心は身を亡ぼすと知っているから、そんなものはいらんと思っているだけだ。

ユリウスのように清く正しすぎる生き方というのは肩が凝りそうだが、節度を守りルールに従った生き方はしなければならんと思う。

ルールというのはそうある必要があってできるものだ。

ルールを破るのは割に合わないことが多い。

俺は清廉潔白なわけではなく、割に合わないからルールに従っているだけだ。

その点で言えば、善人だらけの勇者パーティーの中で、俺だけ異端だろう。

いや、俺の他にもハイリンスは……。

まあ、違う角度から意見ができる人間もユリウスには必要だろう。

ユリウス自身、それがわかっているからこそ俺を近くに置いているのかもしれない。

最年長ということもあるが、勇者パーティーの中で俺は他の連中を導く教師のような役割になっている。

最初は柄じゃないと思っていたんだが、数年も続けていれば慣れてくるものだ。

おかげで気分は保護者だな。

しかし、居心地《いごこち》は悪くない。

……俺も年を食ったのかもしれん。

昔だったらガキのお守りなんて死んでもごめんだと思っただろう。

俺がソロで活動していた主な原因は同格の実力者が周囲にいなかったからだが、人付き合いが面倒だったというのもある。

なんせ俺の出自が出自だからな。

いわれのない中傷は多かったし、やっかみも少なからずあった。

冤罪《えんざい》だとすぐに分かったが、スリの疑いをかけられたこともある。

そういった煩わしさから、本当に信頼できる相手でなければ組むのはやめようと考えていた。

ユリウスたち勇者パーティーに関して言えば、そのお人よし加減は疑う余地もなかったからな。

妬み嫉みとは縁のない連中だ。

そういう意味では心配していなかったが、ソロで活動していた俺が人に頼られ、導いていくような立場になるとは思ってもいなかった。

引退したら冒険者の教官をやるのも悪くないと、そんなふうに考えるくらいには俺も丸くなった。

俺も年を取った。

まだまだ人としては若い部類に入るが、冒険者としては年配の部類に入るだろう。

冒険者はその職業柄、どうしても長く続けることはできない。

年による衰えは、死線を潜り抜ける足枷《あしかせ》となる。

また、俺と同じように実力と稼ぎのバランスが取れなくなっていく。

結婚して妻や子供ができれば、そいつらを養うことも必要になってくる。

冒険者としてある程度の実力、年齢に達した人間は、もっと安定した職に就くことが多い。

そうなる前に危険な冒険者という職業から足を洗う奴《やつ》も少なくない。

俺もそろそろ冒険者をやめた後のことを考える時期だろう。

ユリウスたちももう立派な大人だ。

俺がいなくなってもやっていけるだけの力は身に着けた。

魔族との戦いという大一番。

これを切り抜けた暁には、俺の後任を探しつつ、今後の身の振り方を考えていこう。

この年になるまで特定の相手と深い仲になることもなかったし、誰かいい女を探すのも悪くない。

ま、そういうことはこの戦いを生き残ってから、のんびりと考えていこうか。


俺たちが配備されたのはクソリオン砦《とりで》。

数ある砦の中でも最も重要な拠点であり、人族の切り札である勇者ユリウスが守るのにふさわしい場所だ。

敵もそれがわかっているようで、その攻勢は苛烈《かれつ》を極めている。

指揮官が声を張り上げて指示を出し、守備の兵士たちが慌ただしく動き回っている。

だが、そうした懸命の守りも、魔族の捨て身ともいえる攻勢の前に押され気味だ。

「そらよ！」

防壁にかけられた梯子《はしご》を蹴《け》り倒す。

途中まで梯子を登っていた魔族もろとも倒れていくが、そのすぐ横にまた別の梯子が立てかけられる。

同じように蹴倒《けたお》すが、今度はさっき倒した梯子がまた立てかけられる。

きりがない。

別の場所では俺と同じように梯子を倒そうとして、しかし敵の支える力のほうが強いらしく失敗。

登ってきた魔族との戦闘に発展している。

「はっ！」

その登ってきた魔族を一刀のもと切り捨てるユリウス。

「癒《いや》しを！」

ヤーナ嬢ちゃんが治療魔法で負傷兵たちを癒していく。

「下がれ！」

ハイリンスが防壁の外側に掲げた盾に、遠距離から飛んできた敵の魔法が直撃する。

「ほいほいっと！」

その盾の後ろ側から、壁の下の敵兵たちに向かってホーキンが何かを投げ込んでいる。

下のほうから悲鳴が聞こえてきたからには、物騒なアイテムなんだろう。

俺たちがいる場所は何とかなっている。

だが、敵の数があまりにも多い。

クソリオン砦は広く、全方向から攻められてしまえば俺たちだけでそのすべてをカバーしきることはできない。

「きゃっ⁉」

「おっと」

その時、砦が揺れ、ヤーナ嬢ちゃんが体勢を崩した。

それを素早く支えるユリウス。

結果的にヤーナ嬢ちゃんをユリウスが抱きかかえているような状態になっていた。

見ようによってはイチャイチャしているようにも見えるし、二人はお互いに男女の仲を意識している。

が、そこは勇者パーティー。

戦場でそんなことに現《うつつ》を抜かすほど馬鹿じゃない。

二人はすぐに離れ、今の揺れの原因のほうに目を向ける。

「……まずいな」

ユリウスが厳しい表情で呟《つぶや》く。

直後、もう一度さっきと同じような揺れ。

防壁の正門、そこに巨大な柱のような攻城兵器が叩《たた》き込《こ》まれたために起こった揺れだった。

「ちっ！　あそこの守備はどうしてるんだ⁉」

ハイリンスが憤るが、正門付近を守っている兵たちも遊んでいるわけじゃない。

必死に攻城兵器が打ち込まれるのを阻止しようとしているが、敵のほうの勢いが激しすぎて妨害しきれていないのだ。

攻城兵器を再度門にぶつけようとする魔族たち。

それを阻止しようと、攻城兵器を担いでいる魔族たちに砦から魔法が放たれるが、その直撃を受けても連中は止まらない。

炎に焼かれ、雷の直撃を受け痙攣《けいれん》し、土の魔法の直撃を受けて体の一部が吹き飛び、それでもなお攻城兵器は止まらず、門を貫く。

「突破されたか」

自らの声が強張っているのを自覚する。

破壊された門の内側に殺到する魔族たち。

このクソリオン砦は防壁一つを突破された程度では陥落しない。

防壁の内側にはさらに別の防壁が待ち受け、場合によっては攻め手は挟み撃ちに遭う構造になっている。

だからまだ焦る段階ではないが、難攻不落の名をほしいままにしていたクソリオン砦の防壁の一枚が破られたという事実は、味方にとって少なくない衝撃を与える。

ただでさえ敵の苛烈すぎる攻めに及び腰になっているところにこれはよろしくない。

味方の士気が著しく下がりかねない。

「ユリウス、どうする?」

「……行きます」

ユリウスにどうするか聞けば、少しだけ迷った後、正門に向けて駆け出す。

「俺たちはあっちを蹴散《けち》らしてくる！　安心しろ！　だからここは任せたぞ！」

俺は兵士たちを鼓舞しながら同じように駆けだす。

俺たちが抜けたことで士気が下がり、突破されてしまっては意味がない。

俺たちがいなくなった後も踏ん張ってもらわねば。

ユリウスを先頭にして俺たち勇者パーティーが駆ける。

そして、正門付近の壁から、ユリウスは駆ける勢いをそのままに飛び降りた。

「はああ！」

敵が一塊になっている場所に、落下の勢いのまま剣を振り下ろし、叩き付ける。

爆音がとどろき、そこにはユリウスが敵兵だったものを踏みつけ、着地していた。

たった一撃でその場にいた多くの魔族を一掃してしまった。

正門の中に突撃していた魔族は全滅だ。

だが、それで満足はせず、ユリウスは破壊された正門から外に飛び出していく。

「俺たちもいくぞ！　捕まれ！」

ハイリンスがヤーナ嬢ちゃんを抱えて飛び降りる。

俺もホーキンを抱えて同じように飛び降りた。

一瞬だけ、このままホーキンを置いて行こうかという考えが浮かばなかったわけではない。

だが、昨夜のホーキンの覚悟を聞いてしまった後にそれをするのは信義にもとるだろう。

空間機動を駆使し、抱えたホーキンにできるだけ負担がないように着地する。

すでにユリウスは敵の最前線と切り結んでいる。

いや、切り結んでいるというよりかは、切り捨てていっているといったほうがいいか。

ユリウスが剣を振るうたびに、魔族が切り倒されていく。

魔族は人族よりもステータスが高いとはいえ、勇者であるユリウスのステータスはそれ以上に高い。

ユリウスとまともに戦えるのは、それこそ魔族の中でも一握りだけだろう。

と、感心している場合じゃないな。

「一人で先に進むな！」

ハイリンスが突出するユリウスに追いつき、盾を構える。

俺もユリウスの隣に並ぶ。

「このまま一気に押し込むぞ」

ここで俺たちが暴れれば、両軍の目に留まる。

味方には勇者の頼もしさが見えて士気が上がり、敵は勇者の強さに恐れをなして士気が下がる。

防壁の上でちまちまと戦うよりも、ユリウスというとびぬけた戦力は平地で暴れまわらせたほうがいい。

ユリウスも俺の案に賛成なのか、そのまま前に突き進んでいく。

ユリウスが敵を切り払い、無人の野を行くがごとく前へ前へと進んで行く。

俺がユリウスの打ち漏らした敵を処理し、ハイリンスが後衛のヤーナ嬢ちゃんとホーキンを守りながら続く。

その二人も遠距離攻撃で戦いに貢献している。

息の合ったコンビネーション。

ここまで大規模な戦いは初の経験だが、魔物や盗賊を相手に培ってきた連携はきちんと生きている。

さっきまであれほど勢いのあった敵も、さすがに及び腰になっている。

「道を空けろ！　逃げるものを追うことはしない！」

ユリウスが叫ぶ。

だが、それを聞いて逃げ出そうという魔族はいなかった。

それもそのはずで。

「いや、ユリウス。人族語で話しかけても通じんと思うぞ？」

ハイリンスが冷静に指摘する。

魔族は魔族語を話すからな……。

ユリウスが羞恥《しゅうち》に顔をやや赤らめている。

戦場のど真ん中だというのに、微妙な空気が俺たちの間に流れた。

「けど、脅しとしては効いてますね」

ヤーナ嬢ちゃんがフォローするように声をかけた。

「ユリウスのでたらめな強さに恐れをなしてるでやす」

ホーキンもそれに乗る。

実際、言葉の意味はわからずとも、ユリウスの力に気圧《けお》されているのは確かだ。

「このまま退いてくれれば話は早いんだけどね」

ユリウスが希望的観測を口にするが、それが叶《かな》わぬというのは本人がよくわかっているだろう。

現に、敵の後方が騒がしい。

「ユリウス、来るぞ」

わかっているとは思うが、注意を促す。

魔族の列が割れる。

そして、騎馬にまたがった敵が現れる。

「勇者！　覚悟！」

ややたどたどしいながらも、人族語で語り掛けながら、馬上より切りかかってくる騎馬兵。

ユリウスはそれを真正面から受け止める。

騎馬兵は渾身《こんしん》の一撃を受け止められつつも、そのまま馬の進路を横にずらして駆け去っていく。

……強いな。

ユリウスが今の交差で敵を倒せなかったのがそのいい証拠だ。

ユリウスは敵の一撃を受け止められたが、反撃まではできなかった。

騎馬による突進からの一撃とは言え、勇者であるユリウスが受け止めることしかできなかったというのが、相手の力量の高さを示している。

間違いなく魔族の精鋭だ。

「!?　ハイリンス！　上だ！」

微《かす》かな気配を感知し、俺はハイリンスに警告を飛ばす。

それを受けて咄嗟《とっさ》に動いたハイリンスが、ヤーナ嬢ちゃんに向けて上から落下してきたものを盾で迎え撃つ。

「う、ぐ!」

ハイリンスが呻《うめ》く。

盾と矛がぶつかり合う鈍い音が響き渡り、しかしその頃《ころ》には襲い掛かってきていた影はその場を離脱していた。

速い。

俺は構えていた斧《おの》をしまい、代わりの武器である弓を取り出す。

敵は空を飛んでいた。

巨体の鳥型の魔物。

その背に乗る、見た目は壮年の男。

こいつは、やばいな。

俺の危険感知がけたたましく警報を鳴らしている。

この男、強い。

さっきの騎馬兵も相当な強者《つわもの》だが、こいつはそれよりも手練れだ。

「俺は魔族軍第七軍団長ブロウ。勇者よ。いざ尋常に勝負!」

わざわざ人族語で名乗りを上げた騎馬兵、ブロウと名乗った魔族が剣を構える。

「勇者ユリウスだ。受けてたとう」

それに対して、ユリウスもまた剣を構える。

「ふ」

対して、空を飛ぶ鳥騎士は、騎馬兵のブロウをやや呆《あき》れたような表情で見ながら笑みを漏らした。

「そうだな。儂《わし》もせっかくだから名乗っておこうか。儂は魔族軍第一軍団長アーグナー。押して参る」

ブロウとやらがややたどたどしい人族語なのに対し、こちらは流暢《りゅうちょう》に名乗りを上げるアーグナーとやら。

精鋭だとは思ったが、まさかの軍団長とは……。

軍団長が二人。

俺たち勇者パーティー、もっと言うならば勇者であるユリウスを狙《ねら》ってきたということか。

勇者であるユリウスが倒れたとなれば、人族に与える影響は大きい。

それを狙ってのことか。

だが、それは向こうにも言えるはずだ。

軍団長が二人もやられたとなれば、向こうに与える衝撃もでかいだろう。

ここが勝負どころだな。

「ユリウス！　そっちは任せる！」

「はい！」

ユリウスならば一人でも軍団長の相手ができるだろう。

問題はこっちだ。

「ハイリンス！　嬢ちゃんとホーキンをしっかり守れ！」

「言われなくても」

「嬢ちゃんとホーキンはサポートを頼む」

「ええ」

「了解でっせ！」

四人がかりになるが、そうでなければ危うい。

アーグナーが魔法の構築を始める。

そうくるよな。

空中という有利な場所からの遠距離攻撃。

こちらの遠距離攻撃で応戦するか、何とか近づいて叩き落とすしか攻撃手段がない。

対してあっちは自由に攻撃の手を選ぶことができる。

さらに前後左右に加え、上下にも逃げることができる。

空中にいられるだけでこっちが不利だ。

まずは、奴《やつ》を地面に叩き落とさねばならん。

魔法が完成する前にこちらから仕掛ける！

弓に矢をつがえ、素早く射る。

だが、それとほぼ同時にアーグナーの魔法が完成し、放たれた。

矢と魔法がぶつかり、競り勝ったのは魔法のほうだった。

俺は一歩後ろに下がってその魔法を避ける。

地面を穿《うが》つ、闇《やみ》の槍《やり》だ。

闇魔法の闇槍か。

面倒な魔法を使う。

闇系統の魔法は光系統の魔法と対になる、厄介な魔法だ。

他の属性の同レベルの魔法に比べ威力が高く、闇という実体がないものであるために防ぐのが難しい。

剣などで切り払っても、すべてをいなすことができないからだ。

確実なのは盾などでしっかりとガードすることだが、下手《へた》な盾であれば威力が高いために貫通されかねない。

ハイリンスの持つ盾であればその心配はないだろうが、俺は避けるしかないな。

その厄介さに加えて、魔法を構築するスピードが速い。

俺が矢をつがえて射るのと同じ速度。

しかし威力は向こうのほうが上。

さらに空中という有利な位置をとられている。

こいつはよろしくないな。

……多少、無茶をするか。

「嬢ちゃん、サポートを頼む」

再度ヤーナ嬢ちゃんにサポートを頼む。

そして、俺は矢を射る。

アーグナーも魔法を放ってきたが、今度は矢を相殺することなく、まっすぐ俺に向かって飛んでくる。

速い！

だが、来るとあらかじめわかっていれば避けられないことはない。

奴は俺が矢を射る瞬間に合わせて魔法を放ってきたようだが、俺が矢を放ったのはフェイクだ。

適当に力を抜いてでたらめに射た矢は、明後日《あさって》の方向に飛んでいく。

きちんと矢を放っていたら、その隙をつかれて魔法の直撃を受けていたかもしれんが、俺はアーグナーを狙ったふりをしてすでに次の行動に移っていた。

足に力を込め跳躍。

飛んできた魔法を飛び越え、空間機動のスキルを発動。

空間機動のスキルは制御が難しいが、集中力が持続する短時間であれば空中を地上と同じように走り回ることができる。

空間機動のスキルで足裏に足場を作り、アーグナー目がけて駆ける。

弓をしまい、得物《えもの》を切り替えるのも忘れない。

だが、俺が射程圏内に入るよりも前に、アーグナーの魔法が再び俺に向けて放たれる。

速い⁉

俺の想定よりもアーグナーの魔法の構築速度が速い！

空間機動は制御の難しいスキルであり、細かい動きはできない。

来ると初めからわかっている魔法ならば、あらかじめ動き出して避けることもできるが、そうでなければ避けるのは難しい。
やられた！
野郎、さっきまでの構築は全速ではなかったんだ！
こっちの出方をうかがうつもりだったのか、小手調べのつもりだったのか。
とにかく奴は本気じゃなかった。
やられる！
俺に向かって放たれた闇の魔法が、後ろから飛んできた光の魔法とぶつかる。
ヤーナ嬢ちゃんの光魔法か！
助かった！
闇魔法と光魔法は対の存在だ。
同レベルの魔法ならばその威力は変わらず、両者とも実体を持たないため相殺し合う。
加えて、ヤーナ嬢ちゃんはロナント式の魔法強化法を習得している。
その威力は本来の魔法よりも高い。
競り勝つのはヤーナ嬢ちゃんの魔法だ。
そう安堵《あんど》した俺の腹に、鋭い痛みが走った。
見なくてもわかる。
これは俺の腹に奴の魔法が突き刺さった痛みだ。
なんて野郎だ。
ヤーナ嬢ちゃんの魔法に、競り勝ちやがった。

幸いにして魔法の威力はかなり下がっていたらしい。

腹の痛み具合から察するに、大した怪我《けが》じゃない。

なに、腹に小指くらいの大きさの穴が開いただけだ。

止まるほどのもんじゃねえよな！

痛みをこらえ、空間機動のスキルを駆使して足に力を込め、アーグナーとの距離を縮める。

さすがに魔法で迎撃するには距離が近すぎると判断したのか、騎獣である怪鳥の手綱《たづな》を引き、飛んで逃げようとする。

「逃がすか！」

距離はまだ離れていたが、俺は手にした得物を振るう。

鎖鎌をな！

鎖鎌が伸び、怪鳥の羽に鎌が突き刺さる。

怪鳥が苦し気な鳴き声を上げ、暴れだした。

俺は鎖鎌を引きながら突撃する。

アーグナーが剣を構えたが、暴れる怪鳥の上ではさすがの奴《やつ》も身動きがとりづらそうだ。

そして、空中で俺とアーグナーが交差。

俺は怪鳥の羽に突き刺さった鎌をそのまま引いて、その羽を切り飛ばした。

その代償に、アーグナーの振り下ろした剣が肩を深く切り裂く。

首を狙《ねら》ったようだが、暴れる怪鳥のせいで手元がやや狂ったようだ。

運が味方をした。

が、重傷には違いない。

怪鳥ともども落下していくアーグナー。

俺も空間機動を制御しきれず、少し離れたところに落下していく。

「おっと！」

地面に激突する寸前、俺はハイリンスに受け止められていた。

さらに、すぐさまヤーナ嬢ちゃんの治療魔法がかけられる。

「抱きとめるならおっさんじゃなくてかわいい女の子のほうがよかったんだがなあ」

「ほざけ」

軽口をたたくハイリンスの腕から脱出する。

まだ戦いは終わっていない。

騎獣である怪鳥を失ったが、アーグナーは無傷で地面に着地していた。

無茶をしたかいあって奴を空中から引きずり落とすことはできたが、むしろここからが本番だ。

「気を引き締めろ。奴は、強いぞ」

俺の言葉を受け、ハイリンスたちが臨戦態勢を整える。

アーグナーはそんな俺たちに対し、悠然と構えをとった。

Diskhan

ジスカン

本名ジスカン。
平民出身のため苗字はない。
複数の武器を使いこなす元Aランク冒険者。パーティーを組んで魔物と戦うのが基本の冒険者にあって、ソロでAランクの冒険者にまで上り詰めた達人。もともと一人で戦い抜いてきたため状況判断力に優れ、その時々に合わせて武器を替えて戦うことができる。勇者パーティーでは最年長であり、経験の豊富さからユリウスら若者たちを導く兄貴分となっている。最近はユリウスたちもたくましくなってきており、もう教えることもないし、そろそろ引退を考えるかと思い始めている。

ブロウ

愛馬を駆けさせ、勇者が放つ光魔法の光弾を躱《かわ》していく。
立ち止まったらその瞬間やられる！
相手は魔王の対になる存在、勇者だ。
簡単に勝てるとは思っていなかった。
それでも勝たねばならない。
だが、その思いを打ち砕くように、勇者は容赦のない苛烈《かれつ》な攻撃を仕掛けてくる。
温和そうな見た目に反し、一切の躊躇《ちゆうちよ》なくこっちを殺しにかかってきている。
研ぎ澄まされた殺気を浴びるだけで生きた心地《ここち》がしない。
いったいどれほどの修羅場をくぐってきたらこうなるのか。
勇者の戦闘スタイルは、魔法戦士だ。
魔法を主体にしつつ、剣も使いこなす。
最初に俺の馬上からの一撃を剣で防がれたことから、奴の力は俺を上回っている。
だというのに、魔法のほうが得意なようだ。
距離をとれば魔法の餌食になる。
かといって間合いを詰めても奴には剣もある。
隙がない。

人は得てして得意不得意があるものだ。

俺は魔法がからっきしだし、第六のヒュウイは逆に接近戦が苦手だ。

対人戦において、相手の得手と不得手を見抜き、いかに自分の土俵で戦い、相手に本領を発揮させないか、というのは重要になってくる。

だが、勇者には不得手となる弱点がない。

まんべんなくスキルレベルが高いんだろう。

普通はそんなこと起こりえないが、相手は勇者だ。

存在そのものが特別ってことかよ。

スキルを鍛えるにも、時間は有限だ。

あれもこれもとスキルを伸ばしていこうとすれば、中途半端な器用貧乏になるのが関の山。

強さを求めるならどれか一つのことに打ち込み、集中的にスキルを伸ばしていくほうがいい。

軍団長の中でも、バランスよくすべてのスキルを鍛えているのはアーグナーさんくらいのもんだ。

あの人は先々代魔王の時代から実戦を経験している。

他の軍団長とは生きてきた長さが違い、その分練度が高い。

だが、アーグナーさんは例外みたいなもんだ。

全《すべ》てを高水準でそろえるなんてのは理想ではあるが現実的じゃない。

その理想を、勇者は体現している。

……勝てるか？

いや！　弱気になるな！

勝つんだ！

手綱《たづな》を引き、愛馬の進路を変えさせる。

俺の得手は接近戦。

特にパワーのある連撃を得意としている。

一撃の重さでは第三のコゴウのほうが勝り、技巧では第五のダラドのほうが俺よりも優れている。

だが、実際に打ち合えば勝つのは俺だ。

魔法なしの接近戦なら、アーグナーさんにだって引けを取らないと自負している。

勇者の力は初撃を防がれたことで、嫌でもわかる。

だが、そこで引いたら勝ち目はない。

距離をとれば魔法で打ちのめされて終わりだ。

俺の最も得意とする接近戦に持ち込み、打ち勝つしかない。

「おおおお！」

雄たけびを上げながら突進する。

迎え撃つように勇者が剣を構える。

勝負だ！

勝つのは、俺だ！

勝つ！　必ず！

「明日の決戦、第七軍の連中には捨て石になってもらう」

昨日《きのう》、アーグナーさんは隠すことなくそう宣言した。

曰《いわ》く、勇者をおびき出すための餌になってもらうと。

クソリオン砦《とりで》は人族の砦の中でもひときわ堅牢《けんろう》なつくりをしている。

まともに攻めても勝ち目がない。

それを覆すために、人族の最高戦力である勇者をおびき出し、これを撃破することで人族の戦意を挫《くじ》くという作戦だ。

かなり綱渡りの作戦だと思った。

第七軍の連中に無理をさせて、それで勇者が本当に釣れるのか？

仮に釣れたとして、果たして勇者を倒すことができるのか？

さらにさらに、勇者を倒せたとして、人族は戦意を喪失してくれるのか？

それでクソリオン砦を陥落させることが、本当にできるのか？

アーグナーさんの作戦は、甘い見積もりを重ねに重ねた、博打《ばくち》に近い作戦に俺には聞こえた。

そんな作戦に第七軍の連中の命を賭《か》けるわけにはいかない。

そう、反論した。

「だろうな。だが、それでもやらねばならん。博打であろうと、我らには活路がこれだけしかない」

アーグナーさんは珍しく、自信なさげな自嘲《じちょう》気味の笑みを浮かべた。

「難儀な立場に立たされたものだな。儂《わし》も、お主も」

アーグナーさんはそう言い、周囲を見回した。

その時は人払いをしていたため、周囲には誰《だれ》もいなかった。

「少し、席を外してもらってもよろしいか？　なに、男同士のたわいもない会話。今さら下手《へた》な企てなどいたしませぬゆえ」

だというのに、アーグナーさんは誰かがすぐ近くで聞き耳を立てているかのように、その誰かに対して語り掛けるように言った。

俺の気配感知には何も引っかからなかった。

だが、アーグナーさんはそこに何かがいると確信しているようだった。

「さて、去ってくれたのか否か……」

「アーグナーさん？　今のは？」

「気にするな。気にしたところでどうにもなりはせぬ」

悪寒を感じた。

まるで、俺の知らぬところで、俺の全てを見張られているかのようなアーグナーさんの物言い。

あの魔王に、そんなことができるのか？

未だに俺はあの魔王が兄貴の言うようなどうにもならない存在には思えない。

だが、その時俺は初めて、得体の知れない恐怖を感じた。

「去っていようがいまいが、儂にもわからぬ。だが、聞かれてまずい話をするつもりもない」

アーグナーさんでさえ察知できない何かに見張られているとでもいうのか？

思わずあたりを見回した俺に、アーグナーさんは苦笑を浮かべていた。

しかし、結局何の気配も感じられず、困惑しながらアーグナーさんを見返すことしかできなかった。

そんな俺に、アーグナーさんは表情を引き締め、語りだした。

「ブロウ、お主は自分だけが窮地に立たされていると思っているだろうが、それは勘違いだ。窮地に立たされているのはお主だけではない。魔族全てよ」

疲れたように断言したアーグナーさん。

いつも泰然とし、底知れない凄味を醸し出しているアーグナーさんのそんな姿を見たのは、それが初めてだった。

「今、魔族には二つしか選択肢が残されておらん。人族に勝って生き延びるか、負けて滅びゆくか。その二つに一つだ」

「そんな単純な話じゃないでしょう」

「いいや。そういう単純な話なのだよ」

勝つか負けるか。

生き延びるか、滅びるか。

一かゼロか。

そんな単純な話として割り切れない俺に対し、アーグナーさんは言い聞かせるように諭してきた。

「物事というのは規模が大きくなればなるほど複雑になっていく。が、例外というものはどこにでもある。此度のことがそれよ。他ならぬ魔王様がその単純な結末をご所望なのだ」

魔王。

あの女のことを思い出すだけで、俺は苦々しい気持ちになる。

全《すべ》ては奴《やつ》が現れてからおかしくなった。

「アーグナーさん。あんた、なんであんな奴に……」

「それ以上言うでない」

アーグナーさんほどの人が魔王に従っている。

アーグナーさんが魔王に反旗を翻していれば、結果は違ったかもしれない。

そんな思いからつい口をついて出そうになった言葉だが、それはアーグナーさんに止められてしまった。

「……勝てぬよ。いや、勝てなかったと言うべきか。儂では、魔王様に勝てなかった。それが答えよ」

アーグナーさんのその言葉に俺は絶句した。

勝てなかった。

あのアーグナーさんが敗北を認めた。

その事実は、とてつもなく重かった。

「儂とて、むざむざと滅ぼされることを認めていたわけではない。抗《あらが》い、その果てにこの道しか残されておらぬと判断したまで。もはや勝つしかないのだよ」

あの魔王には勝てず、残されたのは人族と戦って勝つ道しかないと、アーグナーさんはそう判断したという。

認めたくない。

が、認めざるをえない。

あのアーグナーさんがそう言うのだ。

「勝つためには手段は選べん。それが博打であろうと、勝つためには縋《すが》らねばならん。第七軍だけではない。負ければ全ての魔族は滅びの道をたどることになろう」

だから、第七軍には先陣を切ってもらう。

そこには断固とした決意があり、俺が何を言ったところで作戦が覆ることはないのだと思い知らされた。

勝つしかないのだ。

俺や第七軍だけじゃない。

魔族全ての命運が、俺たちの勝敗にかかっている。


翌日の朝、つまり今朝《けさ》、俺は第七軍の連中に作戦の概要を説明した。

第七軍は前軍団長であるワーキスさんの起こした反乱未遂に加担していた。

そのせいで第七軍の扱いは悪く、これまで苦しい状況に甘んじてきていた。

物資の配給は他の軍団の後に回され、ろくな装備もそろわず、その日の飯さえ食えないこともあった。

そこに今回の、ほぼ「死んで来い」という命令だ。

不満がないはずがない。

だというのに……。

「隊長がそう言うなら」

と、兵たちは特攻することを引き受けてくれた。

「俺らは一度は死んだようなもんです。どうせ死んだ身なら、最期くらい役に立って死にたい」

「俺らが今日まで生きてこれたのは隊長のおかげです。隊長に拾ってもらったこの命、自由に使ってください」

「お前ら……」

連中が言うほど、俺がしてやれたことはねえ。

ワーキスさんを慕っていた兵は多かった。

その敵討ちだと武器をとろうとしていた奴も多い。

そんな連中をなだめ、時にはぶん殴って止め。

兵たちに食わせるために方々を回って頭を下げ、なんとか食料を融通してもらったり、自ら魔物を狩りに行ったりもした。

だが、できたのはそのくらいだ。

命を預けるには、足りない。

連中もわかっているんだ。

自分たちが生かされているだけで、罪を許されたわけじゃないことを。

その罪の清算の時が来ただけのことだと、ここが死にどころだと、覚悟を決めたのだ。

そして、俺はそんな連中を死地に送ることしかできない。

ならば、そいつらの最期の働きを無駄にしないためにも、こんな情けねえ軍団長の俺のことを信頼してくれた連中のためにも、俺は負けるわけにはいかねえ！

渾身《こんしん》の一撃を勇者に叩《たた》き込《こ》む。

愛馬の突進、俺の膂力《りょりょく》、そして何よりも俺たちの想《おも》いを乗せた一撃。

勝つ！

だが、想いとは裏腹に、俺の一撃は勇者によって受け止められていた。

「ちっ！」

あわよくばこの一撃でと思っていたが、やはり一筋縄ではいかないか！

だが、初撃も同じように防がれたのだから、通用しないのは想定内だ。

ここからだ！

「せいっ！」

馬上からさらに剣を振り下ろす。

上段から振り下ろされた重い一撃を、勇者は己の剣を振り上げるようにして迎え撃った。

お互いの剣がぶつかり合い、同時に弾かれる。

馬上という高い位置は有利に働く。

振り下ろしの一撃は重力の力が加わり、逆に振り上げなければならない勇者はその分多くの力を割かねばならない。

それでも、互角。

ステータスでは勇者のほうが勝っている証拠だった。

だが、引かない。引けない。

戦術的にも、心情的にも。

ここで引けば負ける。

弾かれた剣につられて体が流れそうになるのを、力を込めて無理やり抑え込む。

剣を支える腕からミシリという音が聞こえてきそうだったが、歯を食いしばって耐え、そのまま力を込めて勇者に振りなおす。

勇者もまた同じように弾かれた剣を引き戻し、俺の剣に合わせてきた。

「おらっ！」

振り下ろした剣は、またさっきと同じように勇者の剣と弾き合う。

まだまだ！

そのまま連撃を繰り出す。

技もへったくれもない、不格好な力任せの連撃。

だが、おそらくまともに打ち合ったならば負けるのは俺のほうだ。

勢いでこのまま押し切る！

二合三合と打ち合い、だが、崩れない。

「くっ！」

逆に俺のほうが勇者の剣に追いつけなくなってきている。

一合ごとにわずかに、だが確実に、俺の剣が遅れていく。

このまま打ち合えば、まずい。

じりじりと破局が迫ってくる。

「はっ！」

そして、勇者の気合の叫びとともに放たれた一撃は、俺の剣を大きく弾いた。

振り遅れ、力がこもりきっていなかった俺の剣。

その隙を勇者は見逃さなかった。

剣をかち上げられ、その反動で隙だらけになった俺に向け、勇者が剣を向ける。

剣を引き戻している暇はない。

やられる⁉

直後、愛馬が俺を乗せたまま反転。

後ろで大きな鈍い音が響く。

「うお⁉」

バランスが崩れ、俺は愛馬の上から投げ出された。

何とか受け身をとりながらも地面を二度三度と転がり、そのままの勢いで跳ねるようにして立ち上がる。

そして俺の目に飛び込んできたのは、後ろ足を失い、倒れた愛馬の姿だった。

「お前……」

その姿を見て状況を悟る。

こいつは、俺をかばって勇者の一撃を後ろ足で受けたのだ。

馬にとって足は生命線。

その足を失ってしまえば、生きていけない。

高位の治療魔法ならば回復させることもできるだろうが、おびただしい血を傷口から流しているその姿を見れば、治療魔法が使える奴《やつ》のところまでもたないのは一目瞭然《いちもくりょうぜん》だった。

「……すまん！　ありがとう！」

それだけ言って、俺は勇者に向き直る。

こいつは、俺が母馬から生まれる瞬間を見守り育ててきた。

第七軍の兵士よりも、それどころか古巣の第四軍の兵士たちよりも、長くともにいた相棒だ。

そいつが命懸けでかばってくれたんだ。

ならば、俺はその想いに応《こた》えなければならない。

悲しむのは後だ。

今は、勇者との戦いに全神経を集中させる！

「うおおおおお！」

雄たけびを上げながら突撃する。

愛馬とのやり取りは一瞬。

勇者は愛馬を切り捨てた剣を振り抜いたまま。

それを隙だとは思わない。

さんざん打ち合って、勇者がそんな甘い奴じゃないことはよくわかった。

魔法主体だと思われるのに、接近戦でも俺より格上だ。

だが、だが！

それでも引くことはできない。

俺の双肩には、第七軍の、魔族の、いろんな未来がかかってるんだ！

この戦いで死んでいった第七軍の連中、愛馬。

その前に死んでいったワーキスさんを始めとした反乱軍、魔王の圧政に耐えられずに逃げ出した貧民、逃げることもできずに朽ちていった人々。

あの魔王のせいで無茶苦茶にされ、無念のうちに死んでいった人々だ。

それだけじゃない。

あの魔王が現れる前、ボロボロになった魔族を立て直すために、兄貴やアーグナーさんは身を粉にして奔走していたのを、俺は知っている。

寝る間も惜しんで政務に励んでいた兄貴の後姿を見て俺は育った。

その努力の上に今がある。

兄貴の努力が無に帰すなんて、そんなことは認められねえ！

兄貴、アーグナーさん、そして……。

脳裏に浮かぶ、あのいけ好かない魔王の後ろにたたずむ、白の姿。

負けられねえ。負けられねえんだ！

「すうっ！　はっ！」

大きく息を吸い込み、気合とともに渾身の一撃を打ち下ろす。

勇者はそれを難なく受け止めた。

だが、まだまだ！

すぐに剣を引き、角度を変えて再度打ち込む。

防がれても、防がれても、絶対に引かない、止めない！

俺の力が尽きるその時まで、この連撃を止めることはない！

「‼」

気づけば息を止め、視界は半分霞《かすみ》がかったようになっていた。

勇者以外の全《すべ》てが視界から外れ、その剣だけを目で追っている。

《熟練度が一定に達しました。スキル〈思考加速ＬＶ４〉が〈思考加速ＬＶ５〉になりました》

スキルというものは不思議なもので、鍛錬の時よりもこうした実戦のほうが上がりやすい。

死と隣り合わせの緊張感が成長を促すと言われて、格上との戦いの時にはそれが顕著になる。

その成長によって勝敗が逆転することもある。

だが、今新たにレベルが上がった思考加速のスキルによって、俺ははっきりと勇者の動きを見れてしまった。

こいつ、俺の剣撃をすべて見切ってやがる！

成長したからこそわかる、俺と勇者の彼我の差。

俺が自分の限界を超えて我武者羅《がむしゃら》に剣を振るっているっていうのに、勇者はその全てを見切って俺が隙を晒《さら》すのを待ってやがる！

届かない！

ここまでやって、届かない！

負けられないんだ！

ここまで来るのに、いったいどれだけの犠牲を払ったと思っている⁉

なのに、なのに！

気持ちとは裏腹に、止めていた息が呼吸を再開させる。

大きく開いた口が空気を貪《むさぼ》り、戦場の焼けたそれが喉《のど》に痛みをもたらす。

体の動きは鈍り、剣速も遅くなり、力も抜ける。

疲労はすでに限界に達しつつあった。

「ああああ！」

それを、気力だけで抑え込み、連撃を続ける。

だが……。

「それはもう、見切った」

「あ？」

剣が弾かれた。

俺の体はそれに踏ん張ることができず、あっさりとよろける。

そこに間髪容れず飛んでくる無数の光の弾。

勇者の光魔法、と認識した直後、耐えがたい衝撃が体を襲う。

「ごっ！　ぐはっ⁉」

避けるとか、防ぐとか、そんな暇はなかったし、考える余裕すらなかった。

これが俺と、勇者の、差だっていうのかよ！

吹っ飛ばされ、地面を転がされ、這《は》いつくばる。

「まだ、だ」

だが、これで終わりじゃない。終われない！

スキルを使って傷を治していく。

だが、その代償に体から力が抜けていくのを感じる。

傷は治ったが、もう戦う体力はほとんど残っていない。

「無理はしないほうがいい。実力の差はわかったはずだ」

勇者にも俺の状態は見抜かれているのか、そんなことをほざいてきた。

「まだ負けたわけじゃねえ！　このままおめおめ負けて帰ったら、兄貴に合わせる顔がねえ！」

兄貴だけじゃない。

全ての魔族に合わせる顔がねえ！

「兄弟が居るなら尚更《なおさら》ここで死ぬわけにもいかないいんじゃないかい？　軍を引け。深追いはしない」

……っの野郎！

それができたら苦労はねえんだよ！

「引くわけにはいかないいんだよ！」

立ち上がり、突撃する。

頭の中の冷静な部分が勝ち目はないと告げてくる。

わかってんだよ！

俺と勇者の力の差は歴然だ。

それでも！　その魔力の少し、その体力の少しでも、削る！

俺が勝てなくても、そのわずかに削った差で、アーグナーさんが勝ってくれることを信じて！

突き出した剣があっさりと弾かれる。

そして光弾が俺を襲った。

さっきと全く同じやられ方。

だが、それがわかっていても俺には対処ができない。

再び地面に倒される。

「ま、だ……」

立ち上がろうとする俺のすぐ目の前の地面に突き刺さる勇者の剣。

それは、少し引けば俺の首を斬れる位置にあった。

「もう立ち上がるな」

動きを封じられた。

勇者の言葉には、再び立とうとするならば斬るという、明確な意志が込められていた。

「君らだけが背負っていると思うな」

その言葉には重みがあった。

当たり前の話だが、俺たちが魔族のために戦っているように、勇者もまた人族のために戦っている。

俺がそれを背負って、覚悟を決めてここに来たように、勇者もまた同じ想《おも》いだったわけだ。

想いに差がないのならば、この結果は単純な実力の差。

想いだけじゃ覆らない現実。

なぜならば、相手もまた同じ想いなのだから。

「ちく、しょ、う……！」

指が地面をひっかく。

立ち上がりたいのに、それができない。

なんで、俺には力がない！

勇者に勝てる力が！

魔王に勝てる力が！

「君がどれほどの想いをもって戦っているのか、僕には推し量れない。きっと僕には想像もできない覚悟を決めてきたのだろう。だけど、君ら魔族が人族の平穏を乱すのならば、僕もまた人族を守るために覚悟を決めて戦う」

勇者の剣を握る手に力がこもる。

「なぜだ？」

その声には怒りが込められていた。

「なぜ、君ら魔族は戦争を起こす⁉　そんなになるまで、なぜ戦おうとする⁉」

勇者の叫びに、俺もまた怒りが込み上げてきた。

こっちだって、戦いたくて戦ってるんじゃねえんだよ！

「そうしないと、滅ぼされるからだよ！」

「え？」

俺の返答は予想外のものだったらしく、勇者は場に似つかわしくない間抜け面を晒した。

「魔王だよ！　奴《やつ》が人族と戦争して勝たなければ俺らを滅ぼすって言いやがるんだ！」

それが余計に腹立たしくなり、俺は怒りに任せて叫んでいた。

「魔王が？」

「ああそうだよ！　あいつが来てから全部おかしくなりやがった！　俺らだって好きで戦ってるわけじゃねえ！　そうしないと殺される！　滅ぼされる！　ちくしょう！　なんで！　なんでこんな⁉　クソッ！」

　剣を突きつけられているのも忘れ、地面を力いっぱい叩《たた》く。

　視界が涙で滲《にじ》む。

　情けない限りの姿だが、どうせ俺はここで死ぬ。

　なら、最期くらい無様に泣きわめいてもいいじゃねえか。

「……じゃあ、魔王を倒せば、この戦争は終わるのかい？」

「あぁん⁉　それができればな！」

　投げやりに勇者の問いに答えると、スッと剣が地面から抜かれた。

「ならば、魔王を倒しに行こうか」

　あっさりとそんなことを言う勇者のことを、俺は呆気《あっけ》に取られて見上げる。

「……は？」

「戦争の元凶が魔王ならば、それを倒せば済む話だ。何より」

　そこで勇者は言葉を区切る。

「魔王を倒すのは勇者だと相場が決まっている」

　冗談っぽく言う勇者の目は、しかし真剣そのものだった。

　勇者はあの魔王の力をわかっていないからそんなことが言える。

……だが、本当にそうか？
俺自身、あの魔王の力はよくわかっていない。
たぶん俺よりはるかに強い、という、その程度の認識しかない。
そして、この勇者もまた俺よりはるかに強い。
……もしかしてだが、勝てるのか？
本当に？
だったら……。

直後、地面が揺れた。

悪寒。
物理的に潰《つぶ》されそうになるほどの、今まで生きてきた中で感じたことのない威圧。
「な、んだ……？」
体が震えるのを止められない。
こんな、こんなもん、ありえねえ。
勇者もまた、目を大きく見開いて、俺の背後を見ていた。
振り向いちゃいけない。
だが、振り向かないわけにもいかない。
恐る恐る振り向いた先に、なんだ、という先の俺の言葉の答えがあった。

それは、とてつもなく巨大な魔物だった。

八本の足が地を穿《うが》ち、八つの目が地を這う俺たちを睥睨《へいげい》している。

とてつもなく巨大な、蜘蛛《くも》の魔物。

俺は、それを知っている。

直接見たわけじゃない。

だが、おとぎ話なんかでたびたび登場する災厄として、知らない奴はいないはずだ。

その災厄の名は、クイーンタラテクト。

人族が定める魔物の危険度で言えば、人の手には負えないと言われる神話級に分類される、生ける災厄。

そんなもんが、どうして突然⁉

俺の疑問をよそに、クイーンタラテクトが動き出す。

その口がクソリオン砦《とりで》に向けられ、世界がひっくり返った。

なにが起きたのか理解できなかった。

理解したくなかった。

気づけば、クソリオン砦の一部が消失していた。

そこを攻めていた、第七軍もろともに。

「な、あ……」

呆然《ぼうぜん》と、間の抜けた声が口から洩《も》れる。

混乱して、何も考えられない。

その間にも事態は動いていく。
クイーンタラテクトが移動を開始する。
その先には、クソリオン砦。
いや、崩壊したクソリオン砦の残骸《ざんがい》とでも言うべきか。
だが、そこにはまだ少なくない人族が残っていた。
崩れかけた城壁の上から、俺と同じようにクイーンタラテクトを呆然と見つめる人々。
「逃げるんだ！」
突如、すぐ近くから上がった大声。
それは静まり返っていた戦場でやけに響いた。
勇者だった。
「僕が時間を稼ぐ！　その間に、逃げるんだ！」
そう言って、勇者はクイーンタラテクトに向けて駆けだす。
馬鹿なのか……？
誰《だれ》がどう見たって、あんなもん、勝てるわけがねーじゃねーか！
だというのに、勇者は臆《おく》することなくクイーンタラテクトに向かって突っ込んでいく。
俺はそれを、呆然と見送るしかできなかった。
呆然としすぎて、倒れたまま起き上がることさえできない。
そんな俺の横に、誰かが立った。
足元が見え、顔を上げればそこには白が立っていた。

第十軍軍団長、白。

あの魔王の縁者だということ以外、素性も能力もほとんど何もわからない女。

だが、数少ない判明している能力、というか唯一知れている能力に、空間魔法がある。

突如として出現したクイーンタラテクト。

白の空間魔法。

頭の中で二つが結びつく。

「まさか、あれはお前が？」

俺の問いかけに、白は黙ったまま首肯する。

「なんて無茶なことしやがる⁉」

俺は思わず叫び、立ち上がって白に詰め寄っていた。

俺の剣幕に気圧《けお》されたのか、白が上体をそらしてのけぞる。

空間魔法は取得するために大量のスキルポイントを必要とする。

空間魔法をとるためには、他のスキルの取得を諦《あきら》めねばならないくらいに。

空間魔法使いのほとんどは、空間魔法以外のスキルレベルが低いし、スキルの数自体少ないと聞く。

つまり、白は空間魔法しか取り柄がないはずなのだ。

他の能力が知られていないいんじゃなく、他の能力がない。

白の戦闘能力は、おそらく一般人とさして変わらない。

空間魔法は貴重で利便性が高いからこそ、軍団長に任命されているんだろうが、こんな危険な戦場に出張ってきていいはずがない。

そもそも、白の率いる第十軍だって裏方のはずだ。

白の第十軍は何をしているのか、その活動の実態が知られていないが、おそらく魔王の諜報《ちょうほう》機関。

白の空間魔法によって各地に飛び、情報を集めていたんだろう。

今回の戦争でも、白の第十軍はどこに出撃しているのか発表されていないのがいい証拠だ。

表に出せない軍団なんだから当たり前だ。

その裏方の軍団長が、何だって一人こんなところにいやがる⁉

ああ、わかってる！

あのクイーンタラテクトをここまで転移させてきたからだ！

魔王の命令で！

戦闘力皆無の白に、あんな化物の移送役をやらせるなんて正気じゃねえ！

「お前！　死んだらどうするんだ⁉」

白は俺の言っている言葉の意味が理解できないとでもいうように、小首を傾《かし》げる。

その暢気《のんき》な態度に沸騰しそうな怒りを覚える。

何かを転移させるには、術者が手で触れていなければならない。

つまり、白はクイーンタラテクトに触れていたということだ。

あんな化物に触れていただと⁉

一歩間違えれば死んでいたはずだ。

こんな華奢《きゃしゃ》な女、あの化物がちょっと身じろぎしただけで吹っ飛びかねない！

「お前、なんでそんな危険な任務、断らなかった⁉」

白はますます訳がわからないというように顎《あご》に手を当てて考え込むポーズをとる。

考えるまでもないことだろうが！

魔王のためだからって、何だって自分の命を平気で投げ捨てるようなことをする⁉

こいつはいつもそうだ。

あの魔王とこいつの関係がどういうものなのか、俺は知らない。

だが、こいつの行動はいつだってあの魔王のためだ。

あの魔王の……！

なんだってあんな奴《やつ》の言いなりになっていやがる！

それも自ら進んで！

納得できないが、その文句をこいつに言っても黙ったままなのは目に見えている。

「クソッ！」

溜《た》まった鬱憤《うっぷん》を吐き出すように叫び、踵《きびす》を返す。

「お前はすぐにここから逃げろ！」

いくらあの魔王でも、クイーンタラテクトなんて化物を制御できるはずがない。

あの野郎、白を使って野生のクイーンタラテクトをここに放り込んだに違いない！

だとしたら、あのクイーンタラテクトは無差別に襲い掛かってくる。

現にクソリオン砦は吹っ飛ばされたが、それに巻き込まれて第七軍の俺の部下たちもその多くが吹っ飛ばされた。

こうなったらもう敵も味方も関係ねえ。

生き残った第七軍の連中を回収して、撤退するしかない。

……それができればの話だが。

あんな化物から、果たして俺は生きて逃げ切ることができるのか？

「ブロウ」

俺が部下どもを回収しに行こうとするのを、白が呼び止める。

……初めて名前を呼ばれた気がする。

「なんだ？」

「撤退」

白は俺に向けて手を差し伸べてくる。

それは、まさか、一緒に転移で撤退しろということか？

「……気持ちは嬉《うれ》しいが、できねえ」

好いた女に手を差し伸べられている。

だが、その手を取るわけにはいかなかった。

「大将が真っ先に逃げるわけにはいかねえだろ」

俺には生き残った部下たちを率いる責任がある。

「先に行っててくれ。すぐに後を追うからよ」

俺はそう言って、白の返事を聞く前に駆け出す。

近くに敵はいねえし、転移が使える白なら逃げることができるだろう。

俺も、部下たちをまとめて撤退しなけりゃならん。

……こんなところで死ねるか。

勇者に敗北してならまだしも、クイーンタラテクトに蹂躙《じゅうりん》されて死ぬなんて、そんな無駄死にみたいなこと、許せるわけねえ！

絶対に生きて帰ってやる！

そして、魔王をぶん殴ろう。

その結果どうなろうと、俺はもう奴の言いなりになんてならねえ。

抗《あらが》ってやろうじゃねえか。

クイーンタラテクトに、勝てないとわかっていながら突っ込んでいったあの勇者みたいにな！

そのためにも、まずはここを生きて切り抜ける！

そう決意を固め、崩壊したクソリオン砦に向けて駆けだそうと足を踏み出しかける。


プルルルル！


が、懐から響いた聞きなれない音で動かしかけた足が止められた。

これは……。

バルト

頼む、応答してくれ！

祈るような気持ちのまま、スマホもどきという魔道具を耳に押し当てる。

このスマホもどきという小さい板状の魔道具は、魔王様が各軍団長に支給した連絡用のものだ。

通常の魔道具とは比較にならないくらい離れた相手とも念話で会話をすることができるらしい。

そして、今俺がこの魔道具を使って呼び掛けているのは、弟のブロウだった。

それはついさっき、魔王様に連絡を取るように命令されたからというのもあるが、何よりもブロウの身を案じてのことだった。

俺は逸《はや》る気持ちを抑え込み、さっきの魔王様と白様のやり取りを思い出した。


モニターとやらに映る映像。

クソリオン砦の戦いを映したそれは、ブロウの劣勢を映し出していた。

「こりゃ駄目だね」

魔王様の一言が俺の胸に突き刺さる。

見ればわかるが、ブロウは勇者相手に劣勢を強いられていた。

誰《だれ》が見ても、ブロウの敗北は時間の問題。

そしてそれはすなわち、ブロウの死を意味する。

それを想像すると、心臓が早鐘を打つ。

「お？　白ちゃん、ちょうどいいところに」

動転していて気づくのが遅れたが、白様が転移で戻ってきていた。

「このままだとブロウが死にそうなんだよねー」

軽く放たれる魔王様の言葉。

俺にとって弟のブロウが死ぬことは重い。

しかし、魔王様にとってはそうではないのだと、その言葉の軽さが物語っている。

何か逆転の手はないかと思うが、戦場から遠く離れたこの場から俺にできることはない。

すぐ近くにいるアーグナー殿も勇者の仲間に足止めされていてブロウの救援に駆け付けることはできそうにない。

「うーん。アーグナーだったら勇者と互角くらいには戦えると思ったんだけど、買い被りだったかな？」

「勇者とその仲間が強いだけ。アーグナーは頑張ってる」

最初、それが誰の声なのか一瞬わからなかった。

アーグナー殿をかばう発言をしたのが白様だと、一テンポ遅れて理解する。

「おん？　……びっくり。なに？　白ちゃん、アーグナーのこと買ってるの？」

驚いたのは俺だけじゃなかったらしく、魔王様も目を丸くしている。

それもそのはずで、白様はほとんど口を開かない。

たまに口を開いたとしても単語だけで済ませ、ここまではっきりと文章を言うことはない。

俺もこんなに長く彼女が喋《しゃべ》っているのを初めて聞いた。

魔王様の問いかけに白様はまた黙って首肯。

「へー。白ちゃんってあういうのが趣味なのかー。親父《おやじ》趣味かー……」

魔王様が複雑そうな表情でうなっている。

それに対して白様は首をブンブンと高速で横に振っている。

そういう意味ではないらしい。

「わかってるって。冗談冗談」

魔王様が邪気のない笑みを浮かべる。

その姿だけを見れば、友人と戯《たわむ》れているただの少女にしか見えない。

これが魔族に災厄をもたらしている魔王様なのだと、誰が思うだろうか。

しかし、次の瞬間にはその笑みは引っ込み、視線が鋭くなる。

見れば、モニターの中でブロウが勇者に倒され、絶体絶命の状況に追い込まれていた。

「ブロウ⁉」

思わず叫んでしまう。

だが、勇者はすぐにブロウの命を奪うつもりはないのか、ブロウと問答している。

『ならば、魔王を倒しに行こうか』

『……は？』

『戦争の元凶が魔王ならば、それを倒せば済む話だ。何より魔王を倒すのは勇者だと相場が決まっている』

モニターから勇者の声が響く。

「ふーん。言うね」

それを聞いた魔王様が、酷薄な笑みを浮かべる。

「じゃあ、予定通りに行こうか」

その眼差《まなざ》しに慈悲はなく、冷徹な破壊者の顔があった。

そして指示を受けた白様が転移で消え去り、クソリオン砦《とりで》のすぐそばにクイーンタラテクトが投入された。


「おかえりー。……あれ？　アーグナーとブロウは？」

一人転移で戻ってきた白様を、魔王様が出迎える。

白様は一人だった。

事前の魔王様とのやり取りでは、アーグナー殿とブロウの二人を回収する手はずであったにもかかわらず。

白様は首を横に振るばかり。

モニターの映像はクイーンタラテクトと勇者の戦いを映しており、ブロウとアーグナー殿の安否はこちらからはわからない。

またしても、俺の脳裏に嫌な予感がよぎる。

「え？　死んだの？」

魔王様の質問に対する白様の答えは、首を横に振ることだった。

勘弁してくれ。

安堵《あんど》するが、そのやり取りは心臓に悪い。

「ん？　じゃあなんで？」

「アーグナー、戦闘続行」

まずはアーグナー殿の状況が話される。

話すと言っても、そのたった一言だけなのだが。

詳しい状況は分からないが、アーグナー殿は戦闘を続けているため、回収できなかった、ということだろうか。

「ブロウは？」

「部下の避難」

「あー。部下を避難させるから残るとか言われた？」

首肯。

ブロウらしいと言えばらしいが、兄としてはそこは避難してほしかった。

「えー……。イヤ、どうなのそれ？　あの二人がそれで巻き込まれて死んだら、あのタイミングでクイーン投入した意味がなくない？」

魔王様が困ったように眉根《まゆね》を寄せる。

……どういう意味、なのだろうか？

魔王様の言葉を素直に受け止めると、まるでアーグナー殿とブロウの二人を助けるために、クイーンタラテクトを投入したように聞こえる。

だが、あの魔王様が？

まさかな。

「バルトー」

そこで、俺の名が呼ばれた。

「はい」

動揺が顔に出ないように、平静を装って答える。

「ちょっとブロウに連絡してくんない？」


そして今に至る。

クイーンタラテクトという神話級の魔物が暴れている場所にいては、ブロウがいつ巻き込まれて死んでもおかしくない。

一刻を争う。

もし、この連絡に出ないのだったら、もしかしたらすでに……。

その先を考えないように、ただひたすらブロウが応答してくれることを願う。

『えっと、これで通じてるのか？』

「ブロウ！」

俺の願いが通じたのか、ブロウの声が届く。

『兄貴か⁉』

「そうだ！　ブロウ！　無事か⁉」

『ああ、なんとかな』

思ったよりもしっかりとした応答にほっと息をつく。

こうして会話ができるということは、戦闘中というわけでもなく、すぐに巻き込まれて死ぬということもなさそうだと安堵する。

それならば、伝えなければならない。

「ブロウ、もう一度白様がそちらに行く。だから部下のことはいいから戻ってこい」

『あん⁉』

俺の言葉に、ブロウが苛立《いらだ》たし気に声を発する。

『兄貴、俺に部下たちを見捨てろって、そう言いてえのか？』

「そうだ」

ブロウの恫喝《どうかつ》するような声。

だが、ここで引くわけにはいかない。

誰《だれ》あろう、たった一人の弟の命がかかっているのだから。

『兄貴。いくら兄貴の命令でも、そいつは聞けねえよ』

「……お前ならそう言うだろうな」

ブロウは昔からそうだ。

無駄なところで情に厚い。

だからこそ部下には受けがいいが、時と場合を選んでくれ。

「ブロウ。第七軍の兵たちは元反乱軍だ。お前が気にかける必要はない」

『元、だろう？　今は俺の部下たちだ。そして今俺の部下なら、俺には気にかける理由がある』

こいつは！　俺の気も知らないで！

「だとしてもだ！　……ブロウ、頼むよ。俺にはそいつらよりも、お前のほうが大事なんだ……」

『兄貴……』

第七軍の顔も名前も知らない兵士たちよりも、実の弟のほうがずっと大事だ。

身内びいき、上に立つ者としては失格なのかもしれないが、それが俺の嘘偽りのない本音だった。

『すまねえ』

「……どうしても、そこに残るのか？」

ブロウの謝罪の意味がわからないほど、兄弟の距離は離れていない。

正確にその意味を理解してしまう。

ブロウは結局、部下を見捨てることができないようだ。

『ああ』

「そうか。なら、クイーンタラテクトと勇者の戦いに巻き込まれないよう気をつけろ。そして、生きて帰れ」

これ以上説得しても、ブロウが意見を曲げることはない。

だったら、俺には無事を祈ってこう言うしかない。

『了解だ、兄貴』

「どうせ勇者はクイーンタラテクトに殺される。巻き添えで死ぬなんて無様なことだけはするなよ？」

冗談めかして発破をかける。

『……なあ、兄貴』

それに対して、ブロウは訝《いぶか》し気に問いかけてきた。

「なんだ？」

『ずいぶん断定的に勇者がクイーンタラテクトにやられるっていうじゃねえか』

「ん？　それはそうだろう」

俺にはブロウが何を疑問に思っているのか、それが皆目わからなかった。

「クイーンタラテクトは魔王様の眷属《けんぞく》の中でもおそらく最も強い魔物だ。いくら勇者といえど、勝てる見込みはないだろう」

『……な、に？』

俺の見立てに、ブロウは声をかすれさせる。

「ブロウ？　どうしたブロウ？」

『……眷属？』

「ああ。……ああ。そうか、ブロウは知らなかったか。あのクイーンタラテクトは魔王様の眷属だ」

そういえば、ブロウには散々魔王様の恐ろしさを教えたつもりだったが、魔王様がタラテクト種を従えていることは話したことがなかったか。

ブロウの動揺がそこから来ているのかと納得する。

『……兄貴』

「なんだ？」

『……眷属ってことは、魔王本人は、あのクイーンタラテクトよりも強いのか？』

「当たり前だ」

断言する。

調教などのスキルで魔物を従える場合、術者よりも強力な魔物を従えることもできることがある。

しかし、眷属は違う。

眷属は必ず支配する側《がわ》のほうが強い。

主従の強さが逆転した瞬間、眷属支配のスキルの枷《かせ》は外れてしまう。

だから、眷属はその主人よりも強いということはあり得ない。

『……はっ！　そうかよ！』

自棄《やけ》になったようなブロウの声。

その声で、俺はブロウがようやく魔王様の恐ろしさを実感できたのだと直感した。

「ようやくわかったか？」

『ああ。嫌という程な。ちくしょうめ！』

ブロウがやけっぱちに叫ぶ。

「それは何よりだ」

俺は本心からそう言う。

魔王様の恐ろしさがわかれば、少しはブロウの態度も改まるかと思って。

「勇者が魔王様を倒すなどとほざいていたが、そんなことできるはずがない。魔王様の強さはクイーンタラテクトなどとは比べ物にならんのだからな」

勇者はそのクイーンタラテクトにさえ敵わないだろう。

大言壮語を吐いても、勇者は魔王様の前に立つことすらできずに、そこで死ぬ。

『……結局、魔王に従うしかねえってことなのか』

「それ以外に道はない。ないから、戦うんだ」

魔族にはそれしか道が残されていなかった。

それが全《すべ》てだ。

この戦いに魔族の存亡がかかっている。

だが、今は魔族全体のことよりも、ブロウのことだ。

「ブロウ。とにかく自分が生き残ることを優先しろ。いいな？」

『ああ。最善を尽くすさ』

その返答に、俺はどうにもぬぐえない不安を抱く。

『じゃあ、そろそろ俺は行く』

「あ、おい！　ブロウ⁉　ブロウ⁉」

呼びかけてみるが、それっきりブロウの声が聞こえてくることはなかった。

ヤーナ

恋とは、落ちるもの。


「そうか。儂《わし》はもう用済みということですか。魔王様……」

突然現れたクイーンタラテクトを唖然《あぜん》と見つめていた私の耳に、それまで対峙《たいじ》していたアーグナーがつぶやいた言葉が届く。

アーグナーは強敵だった。

ジスカンと切りあいながら、同時に魔法によって後衛である私やホーキンを狙《ねら》う巧みな戦い方。

そうしてハイリンスを私たちのほうの守りに釘付《くぎづ》けにし、ジスカンを孤立させる。

私の治療魔法によってジスカンは何とか持ちこたえていたけれど、怪我《けが》を治せても体力までは回復できない。

ジスカンは徐々に消耗させられ、その状況をなんとか覆そうとホーキンが道具を使って場をひっかきまわそうとするけど、それすら意に介さない強靭《きょうじん》さ。

攻撃の要《かなめ》のユリウスがいない、という言い訳を抜きにしても、私たち四人がかりでやっと互角。

むしろこっちが押され気味。

私は今までこれほど強い人を相手にしたことはない。

ユリウスやそのお師匠様のロナント様など、強い人がいるのは知っていたけど、敵対することはなかった。

今日、初めてそんな強い人と本気で殺しあってる。

怖かった。

魔物と戦うのとは別種の、怖さがあった。

そんな状況でも、私がくじけなかったのは、ユリウスがいたから。

耐えて、ユリウスさえこっちに戻ってくれれば、必ず勝てる。

そう思っていたから耐えることができた。

でも、これは……。

クイーンタラテクトのブレスが、クソリオン砦《とりで》を直撃した。

そのブレスの直線上には、何も残っていなかった。

何も……。

あの堅牢《けんろう》な城壁も、それに守られた砦の本丸も、そこを守っていた人たちも、攻めていた人たちも、何も……。

「嘘《うそ》でしょ？」

自分の呟《つぶや》きがどこか他人ごとみたいに空虚に聞こえてくる。

だって、こんなもの私は知らない。

相手が魔物にしろ人にしろ、戦うからには勝利を見据えて戦う。

それは相手を倒せるビジョンがちゃんと思い浮かぶから。

でも、私にはあれを倒せるビジョンが思い浮かばない。

圧倒的な力の差がある相手との戦いというものは、戦いとは呼ばない。

蹂躙《じゅうりん》だ。

私は、蹂躙される側をこれまでずっと見てきた。

他ならないユリウスの手によって倒されていくものたちの姿を。

魔物も人も、ユリウスの前では蹂躙されるものだった。

彼らだって必死になって抵抗する。

でも、無理なものは無理なのだ。

勝てない相手にはどうしたって勝てない。

目の前にいるクイーンタラテクトは、わかりやすすぎるくらいにどうあっても勝てない存在だった。

私たちがしているのは戦いであって、破壊ではない。

砦さえ吹き飛ばしたクイーンタラテクトの破壊力の前では、人の技術なんてないに等しい。

私は傷ついた人を癒《いや》すことはできても、跡形もなく消し飛んだ人を生き返らせることはできない。

ジスカンの複数の武器を操る技巧も、その武器のサイズではかすり傷にしかならない巨体が相手では対抗しようがない。

ホーキンがいくら大金をはたいてアイテムをそろえても、砦を破壊することはできない。

ハイリンスの盾では、盾ごと破壊されて終わる。

これが、神話級。

これが、絶望。

へたり込まなかった私自身を褒めたい。

その時、すぐ近くで金属の打ち合う鈍い音が耳朶《じだ》を震わせた。

「ぼうっとするな！」

ハイリンスに叱咤《しった》され、はっと目が覚めるような心地《ここち》になった。

ハイリンスに叱られるなんて、不覚！

「ぼうっとなんてしてません！」

「だったら働け！」

咄嗟《とっさ》に言い返したら、切羽詰まった叫びが返ってきた。

その声に思った以上に状況が悪くなっているのだと思い知らされる。

その危機感で意識が現実に引き戻された。

すると、すぐ近くで、ハイリンスがアーグナーと鍔《つば》ぜりあっていた。

「ええ⁉」

この状況でまだ戦うの⁉

え、あ、大変！

ジスカンが血まみれで倒れてる！

私が呆然《ぼうぜん》としている間に、アーグナーにやられたらしい。

「旦那《だんな》ぁ！」

「馬鹿野郎！　来るんじゃねえ！」

そのジスカンに向かってホーキンが駆けだそうとして、ハイリンスと鍔ぜりあっていたアーグナーがギロリと目を向ける。

今飛び出したら、やられる！

「ホーキン駄目！」

私の制止も聞かず、ホーキンが飛び出す。

アーグナーが素早くハイリンスから離れ、ホーキンに向けて距離を詰める。

「くっ⁉」

ホーキンもナイフを構えるけど、ジスカンでさえ渡り合うのがやっとだった手練れのアーグナーが相手じゃ、その剣戟を受けられるはずがない。

ハイリンスがあとから追いかけるけど、追いつけそうにない。

ここは私が！

即座に光魔法を構築し、アーグナーに向けて放つ！

けど、アーグナーはそれを予期していたようで、闇《やみ》の魔法を放って相殺。

そして、こちらの手が尽きたところで、アーグナーはホーキンに切りかかった。

「ぐわあ⁉」

ホーキンが、受け止めたナイフごと切られる。

ナイフが棒切れのように切断され、何の障害もなかったかのようにホーキンの体を切り払う。

「なんでやす！」

「ぬっ⁉」

切り払われたホーキンの傷口から、白い煙がアーグナーに向けて吹きかけられる。

アーグナーはそれを浴びて、苦し気に眼《め》を閉じた。

目潰《めつぶ》しを防具に仕込んでいたのね！

怯《ひる》んだアーグナーに、追いついたハイリンスが盾で殴りかかる。

ハイリンスの盾は防御力の高い、非常に重いもの。

それは鈍器にもなりえる。

さらに、ハイリンスの反対側からは、血まみれになりながらも起き上がって駆け付けたジスカンが、斧《おの》を構えて飛び掛かっていた。

示し合わせたわけじゃないけど、目潰しも効いているし完璧《かんぺき》なタイミングでの挟撃。

さすがのアーグナーも、これは避けることも防ぐこともできない！

「かあっ！」

アーグナーが奇声を発しながらハイリンスの盾を素手で、ジスカンの斧を剣で受け止めた。

あれも防ぐの!?

でも……！

「っ!?」

アーグナーの背に私の放った光魔法が直撃する。

その衝撃で体勢を崩したアーグナーに、ハイリンスとジスカンが間髪容れず襲い掛かる。

今度こそ！

と、思った瞬間、爆《は》ぜた。

っ！　なんて人なの!?

アーグナーはその場で闇魔法を炸裂《さくれつ》させ、自分もろともハイリンスやジスカンを吹き飛ばしたのだ。

「のわあ！」

すぐ近くにいたホーキンも吹き飛ばされて、ゴロゴロと転がっていく。

ハイリンスは咄嗟に盾でのガードが間に合ったようだけど、もともと深手を負っていたジスカンはもろにその爆発を受けてしまい、うずくまって倒れてしまった。

すぐに治療しないと危ない！

だというのに、立ちはだかるアーグナー。

爆発の中心にいて、最もその衝撃を身に受けたのにもかかわらず、アーグナーは倒れることなく立ちはだかっていた。

クイーンタラテクトが現れる前からの激戦で、アーグナーにも少なくない傷ができていた。

それに加えて今の攻防。

アーグナーもまた満身創痍《まんしんそうい》のはずで、実際彼の体のいたるところから血がにじんでいる。

それでもその開かれた目は、目潰しで真っ赤《まか》に染まりながらも、戦意をみなぎらせた眼光から引く気がないことを物語っていた。

ハイリンスが素早く私とアーグナーの間に移動し、剣と盾を構えて警戒する。

立ちふさがるアーグナーを突破しないと、ジスカンの治療には行けない。

どうすれば⁉

と、視界の端でそっと動くホーキンの姿が目に映った。

その手にはポーションが握られ、アーグナーに気づかれないようにジスカンに忍び寄っている。

ジスカンの傷がポーションで治せるかどうかはわからないけど、今はホーキンに任せるしかない。

なら、アーグナーの気をこっちに引くべき。

「どうして……？」

思わずという感じを装って呟く。

でも、それは演技以上に私の本心でもあった。

だってこんなことをしている場合じゃないのに！

すぐそこにいるあの大きいのが目に入らないの⁉

「魔王を倒すのは勇者だと相場が決まっている、だそうだ」

「え？」

突然、アーグナーが笑みを浮かべ、よくわからないことを言い始めた。

「あの勇者が豪語してみせた言葉だ」

ユリウスのこと？

ということは、アーグナーは私たちと戦いながら、ユリウスのことを意識していたってこと？

なんて男。

そして、なんて屈辱。

つまりアーグナーにとって、私たちは勇者であるユリウスとの戦いの前座だということ。

私たちを倒して、次にユリウスと戦う。

それが決まっているから、ユリウスの動向をきちんと確認していた。

私たちと戦いながら。

それを屈辱と言わずして、何と言おう。

「その言葉の答えがあれだ」

アーグナーは私の気持ちなんてお構いなしに続ける。

その視線の先には、クイーンタラテクト。

「魔王様は仰せだぞ。やれるものなら、やってみろ、とな。くくく」

愉快そうに、けど、どこか悲しそうに、アーグナーは笑う。

あのクイーンタラテクトは魔王からのメッセージ？

ユリウスに対しての、倒せるものなら倒してみろという？

その言い草はまるで、あのクイーンタラテクトが魔王みたいな……。

「あれが、魔王だっていうの？」

「まさか」

私の呟きをアーグナーがすぐさま否定する。

そうよね。

まさか、あんな化物が魔王だなんてこと、あるわけが……。

「あれは魔王様の配下の一つにすぎん」

……え？

「むろん。魔王様ご本人はあれよりもお強い」

…………え？

「さて、勇者。あれすら倒せないようでは、魔王様に勝つなど夢のまた夢だぞ?」

アーグナーが笑う。

そして、その視線の先で、轟音《ごうおん》が鳴り響く。

「ユリウス⁉」

それは、クイーンタラテクトとユリウスの戦いの幕開けを告げる音だった。

「あの馬鹿!」

ハイリンスが焦ったように叫ぶ。

ハイリンスが叫んでしまうのも仕方がない。

だって、いくらユリウスでも、あんな化物に挑むなんて無謀すぎるもの!

「挑むか。それでこそ、勇者なのだろうな。だが、賢いとは言い難い」

アーグナーの指摘は正鵠《せいこく》を射ていた。

「だが、その在り方、嫌いではない」

ふっとアーグナーがそれまでにない穏やかな笑みを浮かべる。

しかし次の瞬間にはその笑みは消え、同情するような眼差《まなざ》しになる。

「魔王様には勝てん。何人もな」

その言葉には妙に実感がこもっていた。

……さっきの、「儂《わし》はもう用済みということですか」というアーグナーの呟《つぶや》きを思い出す。

まさか、この人は。

「あなたは、かつて魔王に敗れたことがあるの?」

「魔王とは魔族の頂点。そういうことだ」

アーグナーは明言こそ避けたものの、その自嘲《じちょう》的な笑みとその言葉から、かつて魔王に敗北したことを認めていた。

「用済みというのは、どういうこと？」

私は気になってしまったことを聞いた。

「そのままの意味だ。儂らが戦っている最中だというのにあれが現れた。つまり、魔王様は儂らごとお主らを葬ることにしたらしい」

答えてくれるとは思っていなかった。

けれど、アーグナーはあっさりとその理由を説明する。

アーグナーは見捨てられたのだ。

魔王によって。

「なら、どうしてあなたはまだ戦おうというの⁉」

見捨てられてなお、どうして私たちと戦うのか。

もう私たちと戦う理由なんてないはずなのに。

「魔族のために決まっておろう」

「だって、魔王に見捨てられたのでしょう⁉」

「だから何だというのだ」

「え？」

私はアーグナーの言っている言葉の意味が理解できなかった。

「儂のこの命は魔王様に捧《ささ》げた。魔族のため、それしかないと判断したからだ。使い潰《つぶ》すも消すも魔王様の機嫌次第。それに否やは申さん」

その覚悟に、考えに、ぞっとする。

会話ができるのに、その言っている言葉の意味が理解できない。

殺されることさえ是とするその考えが、私には理解できない。

つまりアーグナーは、自分の命をここで使い潰すことも厭《いと》わないということ。

「儂が命じられたのはクソリオン砦《とりで》の攻略。そして、勇者の討伐。なれば、それを成し遂げるまで、儂が戦いを止めることはない」

アーグナーが改めて剣を掲げる。

「さて、時間は稼がせてやった」

その言葉にはっとする。

見れば、ホーキンは無事ジスカンの元までたどり着き、ポーションを使えたようだった。

でも、ジスカンが戦える状態じゃないのは変わらない。

「こちらも、傷を癒《いや》す時間を稼がせてもらった」

その言葉で、こっちが時間を稼ぎたかったように、アーグナーもまた時間稼ぎをしていたのだと察する。

HP自動再生かなにかのスキルで、傷を癒していたらしい。

両者の利害が一致したからこその一時休戦。

なら、傷が治ったアーグナーが次にとる行動は……。

「ハイリンス！」

「わかってる！」

ハイリンスが走り出す。

同時にアーグナーも行動を起こす。

アーグナーが狙《ねら》うのは、ホーキンと倒れたジスカン！

ここで確実に二人の息の根を止めるために、駆けだすアーグナー。

ホーキンとジスカンはアーグナーを挟んで私たちと反対側にいた。

つまり、アーグナーがそっちに駆けだすということは、私たちに背を向けるということでもある。

でも……。

「追いつけない！」

ハイリンスの足ではアーグナーに追いつけない。

ハイリンスの足も遅いわけではないけど、盾役であるハイリンスのステータスは防御寄り。

そもそも地力ではアーグナーのほうに軍配が上がる。

無防備な背が見えているのに、そこに追いつくことができない。

なら！

その背に向かって光の魔法を放つ。

足で追いつくことはできないけど、魔法なら余裕で追いつける！

その光の魔法を、アーグナーは一瞥《いちべつ》することなく横にずれて躱《かわ》した。

!?

さっきから、私の魔法をことごとく！

後ろに眼《め》がついてるの⁉

魔法というのは普通こんなに避けられるものじゃない。

矢よりも速く飛ぶ魔法を避けるのは、達人でも難しい。

それを、アーグナーは的確に避けてみせる。

人間業じゃない。

でも、さすがに次の一撃は避けられないわよね！

ハイリンスが腕を大きく振りかぶり、盾を投擲《とうてき》。

ハイリンスの盾はただの防具ではない。

時に相手を殴り飛ばす鈍器になり、時にこうして投擲され、砲弾と化す。

もちろん、盾役が盾を手放すなんて自殺行為もいいところなので、ハイリンスもこの手はめったに使わない。

だからこそ、相手の意表を突《つ》くことができるハイリンスの切り札。

ホーキンの目前まで迫っていたアーグナーに、砲弾と化した盾が襲い掛かる。

アーグナーの頭に直撃する！　という直前、アーグナーは首を傾けて盾を避けた。

これも避けるの⁉

ここまでくるとアーグナーは本当に背後を見れるスキルを何か持っているのかもしれない。

見れないにしても、それと同じくらいの精度で背後を確認できるスキルを持っていると考えたほうがいい。

つまり、背後からの奇襲は通用しない。

「ぬっ⁉」

しかし、そんな超人でも真正面からの奇襲には対応しきれなかった。

アーグナーの足に突き刺さる、ホーキンのナイフ。

私の魔法を避け、ハイリンスの盾を避け、さらに真正面からのホーキンのナイフまではさすがに避けきれなかった。

「ホーキン⁉」

でも、その代償にホーキンはアーグナーの剣をもろに受けてしまっていた。

飛び散る血。

さっきみたいに、わざと受けて目潰《めつぶ》しの仕掛けを発動したわけじゃない。

その剣は深々とホーキンの体を切り裂いていた。

「敵ながらあっぱれ」

倒れるホーキン。

「ちくしょう！」

アーグナーに切りかかるハイリンスだけど、その剣は振り向いたアーグナーによって受け止められる。

盾を手放したハイリンスでは、アーグナーと打ち合うことはできない。

「おらあぁ！」

しかし、私の予想とは裏腹に、ハイリンスのほうが押し込み、アーグナーがよろける。

そのよろけたアーグナーに、血まみれのまま立ち上がったジスカンが、その手に持った剣で切りかかる。

「ぐおっ⁉」

明らかに動きに精彩を欠いたアーグナーが、ジスカンの炎をまとった魔剣の一撃を受ける。

でも、ジスカンもその一撃で今度こそ力尽きたのか、そのまま地面に再び倒れてしまった。

「へっ！　最後《さいご》っ屁《ぺ》にしちゃ、上出来だろ？」

倒れたジスカンは、それでもにやりと笑ってみせる。

そのすぐ横で、同じようににやりと笑みを浮かべて倒れているホーキン。

そのホーキンの手に握られたナイフを見て、アーグナーの動きが急に悪くなった理由を察する。

そのナイフはユリウスがロナント様から譲り受けた魔剣の一本。

麻痺《まひ》と雷の力が付与されたものだった。

その麻痺の力が、アーグナーの動きを鈍くしていた。

「決めろ！」

「おうよ！」

ジスカンの叫び。

それにこたえるハイリンス。

ハイリンスの剣が、ジスカンの一撃を受けてよろめくアーグナーに命中する。

ハイリンスの剣は、アーグナーの胸に突き刺さった。

「っ！　なめるな！」

アーグナーの叫び。

逆襲の一撃がハイリンスを襲う。

「うお⁉」

ハイリンスは咄嗟《とっさ》に手甲でガードし、その拍子に剣を手放してしまった。

飛び退りアーグナーと距離をとるハイリンス。

幸いにしてアーグナーの一撃は、麻痺に怪我《けが》に、それらの要因のせいで全く力がこもっていなかったよう。

ハイリンスに怪我はなさそうだった。

「かはっ！」

アーグナーが血を吐く。

それでも、彼はまだ立っていた。

「不、覚……。だが、まだ……」

そう言って構えなおそうとする。

すさまじいまでの執念。

いったい、何が彼をそこまでさせるのか。

「……ま……く……ため……に……」

アーグナーが剣を構える。

無手になったハイリンスが、警戒して腰を落とす。

「……？」

しかし、いつまでたってもアーグナーは動かない。

ハイリンスがアーグナーに歩み寄った。

「……死んでる」

アーグナーは、構えたまま力尽き、死んでいた。

……恐ろしい強敵だった。

かつて、これほどまでに強く、そして強い信念で戦っている人と敵対したことはない。

死してなお、剣を構え続けるような人とは。

って、感心してる場合じゃないわ！

「ホーキン！　ジスカン！　無事!?」

私は倒れた二人に駆け寄り、すぐさま治療魔法をかける。

「無事とは言い難いな。だが、生きてる」

「同じく」

ジスカンとホーキンは力のない声で返事をする。

けど、その顔には笑みが浮かんでいた。

「旦那《だんな》、あっし、役に立てましたか？」

「ああ。お前のおかげで勝てたよ」

ジスカンの言葉に、ホーキンが誇らしげな笑みを浮かべる。

確かに、ホーキンがいなかったらアーグナーには勝てなかった。

目潰しと麻痺ナイフ。

二回、ホーキンがその身を危険にさらしながら、作った大きなチャンス。

それをものにできたからこそ、勝利した。

きっとホーキン抜きでまともにやりあってたら、アーグナーには勝てなかったと思う。

「だが、ここまでだな」

ジスカンがのっそりと上半身を起こす。

「嬢ちゃん、ハイリンス。俺たちのことはいい。行け」

ジスカンが指し示す先には、クイーンタラテクトの威容。

そして、そこではユリウスが奮闘していた。

「でも、二人の怪我は？」

「嬢ちゃんの治療魔法で少し持ち直した。ポーションもある。死にはしない。だが、戦線に復帰するのは無理だ。俺も、ホーキンも」

それはそうだろう。

二人とも浅い傷じゃない。

いえ、それどころか、この傷は……。

「足手まといにならんよう、ポーションで回復したら避難するさ。ハイリンス。ユリウスを引っ張って連れ戻してこい」

「おう。わかった。ヤーナ、行くぞ」

「ま、待って！」

「いいから行け！」

「こっちは気にしないでいいでやす」

ジスカンが手を振ってさっさと行けと促し、ホーキンが笑顔で倒れたまま小さく手を振る。

ハイリンスに手を引かれ、私は二人から引き離され、かけていた治療魔法が途切れる。

「待って！　ハイリンス待って！」

私の制止の声を無視して、ハイリンスは手を引いていく。

「ジスカンとホーキンが！」

「わかってる‼」

その怒声にビクッと体が震える。

「……わかってる。俺には、二人の気持ちを、無碍《むげ》にできない」

ああ……。

ハイリンスも、わかってるんだ。

二人の傷が、致命傷だってこと……。

ポーションで回復できる怪我じゃない。

あの二人の傷は、私が全力を尽くして治せるかどうかという、かなりきわどいものだった。

ずっと聖女として治療活動に従事してきた私の見立てに狂いはないはず。

つまり、私が全力を尽くせばまだ救えるかもしれないのだ。

それなのに、私たちをユリウスのほうに向かわせた理由は、自分たちよりもユリウスを救えという二人からの指示。

ジスカンも、ホーキンも、死ぬ覚悟を決めたのだ。

「……うっ！」

自然と涙がこぼれてくる。

あの二人は大切な仲間であり、頼りになる保護者であり、温かな家族だった。

勇者パーティーの対等な仲間でありながら、年上だから私たちのことを見守ってくれている保護者。

それはまるで親のようで、教会育ちの私にとって、彼らこそが家族だった。

その二人が、死ぬ。

寒いわけではないのに全身が凍り付いたような、体の震えが襲ってくる。

考えがまとまらなくて、意識が朦朧《もうろう》としてくる。

ここが夢の中なのか、現実なのか、一瞬わからなくなる。

でも、逃避しても仕方がない。

これが現実。

私たちは大切な仲間を失った。

聖女という職業柄、他人の死に触れる機会は多かった。

治療の甲斐《かい》なく命を落とす患者。

勇者パーティーの敵として命を奪うこともあった。

でもそれは、身近にありながら他人事《ひとごと》でもあった。

心のどこかで、私たちは大丈夫なんだと、そう思い込んでいたのかもしれない。

ユリウスがいればきっとなんとかなる。

そういう安心感に身をゆだね切っていた。

今まで勇者であるユリウスの命を脅かすような場面はほとんどなかったし、これからもないのだとそう信じたかった。

他ならないユリウスが、その場面がいつか来ると覚悟していたからこそ、私はそれが来ないよう祈ってきた。

実際、上位竜との戦いや土精との戦いなどでヒヤッとする場面はあったものの、絶体絶命の危機に陥ることは今までなかった。

きっと今回の戦いも大丈夫。

そう思っていた。

そう、思いたかった。

でも、ジスカンとホーキンは……。

そして、今ユリウスが相手にしているのは、クイーンタラテクト。

かつて、ハイリンスが重傷を負わされた不死鳥と同じ、神話級の危険度の魔物。

いくらユリウスでも、勝てるわけがない。

死。

脳裏にユリウスの息絶えた姿がよぎる。

怖い。

怖い怖い怖い！

やだやだやだ！

ユリウスが死ぬなんて、やだ、怖い。
ジスカンとホーキンを失って、ユリウスまでなんて、そんなの耐えられない！
もつれそうになる足に力を入れなおし、ハイリンスに手を引かれながら走る。
現実逃避している場合じゃない。
私がやらなきゃ。
私が、ユリウスを助けなくちゃ。
そして見えたユリウスの姿。
「……あっ⁉」
息をのむ。
ユリウスの姿はボロボロだった。
でも、立ってクイーンタラテクトに対してしっかりと剣を構えている。
生きている。
そう安堵《あんど》すると同時に、そのボロボロの姿に死を幻視してしまう。
対するクイーンタラテクトは健在。
傷らしい傷は見当たらず、その巨体は出現した時と何ら変わらない威容を誇っていた。
そのクイーンタラテクトが、前足の一本を振り上げ、ユリウスに向かって振り下ろす。
「ユリウス⁉」
思わず叫んだ声は、轟音《ごうおん》にかき消されて私自身の耳にさえほとんど届かなかった。
ただの足踏み。

それが地を穿《うが》ち、土砂を巻き上げ、瀑布《ばくふ》となる。

ユリウスの体が地面を転がる。

直撃したわけじゃない。

ユリウスはクイーンタラテクトの足をちゃんと避けた。

でも、直撃じゃない余波だけで、人の体が簡単に吹き飛ぶほどの衝撃を辺りにまき散らす。

地面に転がったユリウスの姿を見て背筋が凍る。

そのまま横たわったまま、もう二度と起き上がらないのではないかという不安が襲い掛かる。

幸い、ユリウスはすぐさま起き上がったので、その心配は杞憂《きゆう》に終わった。

でも、このままあのクイーンタラテクトと戦っていれば、近いうちにその心配が現実のものになるのは目に見えている。

だってこれは戦いですらない。

一方的な蹂躙《じゅうりん》。

ユリウスには万に一つの勝ち目もなくて、結果がもう決まってしまっている。

その結果を、私が変えないといけない。

「ユリウス！　下がれ！」

「⁉　ハイリンス⁉　ヤーナ⁉」

ハイリンスがユリウスの前に出て盾を構える。

いつもは安心してその後ろに隠れていられる盾が、クイーンタラテクトが相手だと薄っぺらい木の板のように頼りない。

私はユリウスの横に並び、すぐに治療魔法をかける。

「駄目だ！　二人ともすぐに逃げるんだ！」

「馬鹿野郎！　逃げるのはお前だ！　俺が時間を稼ぐ！　ヤーナ！　とっととそいつを連れて逃げろ！」

「っ！　……わかりました！」

一瞬の迷い。

でも、私はハイリンスの言うとおりにすることを選んだ。

時間を稼ぐと言っても、クイーンタラテクト相手にハイリンスが足止めできるはずがない。

それでも、命を賭《と》してハイリンスが前に出ている。

その貴重な時間に迷っている暇なんてない。

私たちは勇者パーティー。

最も優先されるのは、勇者であるユリウスの命。

その義務的な使命感とは別に、私たちはみんな、ユリウスに生きていてほしい。

ジスカンとホーキンが、自らの治療を断って、ユリウスを救いに行けって言ったんだもの。

あの二人の覚悟を無駄にするわけにはいかない。

そして、今まさに命懸けで時間を稼ごうと体を張っているハイリンスのためにも。

「ユリウス！　さあ！」

ユリウスの手を引く。

しかし、ユリウスは動かなかった。

「僕がここで逃げるわけにはいかない！」

そう言って、クイーンタラテクトに挑もうとする。

無理だ。無茶だ。

誰《だれ》がどう見たって、あれには勝てない。

そもそも勝負にならない。

死ぬとわかっている死地に飛び込ませて、それを人は何というか。

無駄死にだ。

「ユリウス！　あなたは逃げなければなりません！」

「駄目だ！　僕は勇者だ！　ここで逃げるわけにはいかない！」

「勇者だからこそです！　あなたは生きなければならない！」

問答している暇も惜しい。

そう思った瞬間、目の前からハイリンスの姿が消えた。

遅れてやってくる突風。

思わず顔をかばう。

そしてそれが治まり、前を向くと、そこにはクイーンタラテクトが目前に迫っていた。

「……あ」

ハイリンスは、どこ？

何が起きたのか、わからない。

けど、クイーンタラテクトに何かされた、おそらくあの足で薙《な》ぎ払《はら》われたんだと思う。

となれば、ハイリンスは私たちをかばって吹き飛ばされたのかもしれない。

ハイリンスは無事なの？

ハイリンスの安否が気になるけど、それ以上にこの状況をどうにかしないといけない。

ユリウスが前に出ようとする。

それを、私はありったけの力を込めて、掴《つか》んだままだった手を引っぱった。


ユリウスに出会って、初めに抱いた感情は親近感だった。

同族意識とでも言えばいいのか。

私は聖女候補として、幼いころから教会で修行に打ち込んできた。

才能があったかと言われると、あったとも言えるしなかったとも言える。

それなりに優秀ではあったけれど、私よりも優れた聖女候補はいた。

ただ、ユリウスと年が同じという理由で、それら私よりも優秀だった聖女候補を押しのけ、私は聖女に就任した。

まさか私が選ばれるとは思っていなかったから、最初は望外のことに喜んだ。

でも、先輩の聖女候補たちを押しのけて聖女になるということがどういうことなのか、私はその後すぐに知ることになる。

聖女になるということは、聖女になれなかった聖女候補たちの上に立つということ。

彼女たちに恥じない存在でいなければならない。

私はその重圧に耐えなければならないのだと知った。

ユリウスは私と同じように、勇者という重圧に耐えている。

だから勝手に親近感を覚えていた。

でも、人身売買組織との戦いを通じて思い知る。

神に選ばれた勇者と、人に選ばれた聖女では、根本が違うのだと。

ユリウスは正しく勇者だった。

悪を憎み、正義を尊び、茨《いばら》の道を突き進み、戦い続ける覚悟を決めている。

私のように、しなければならない、という強迫観念でそうしているわけではなく、そうしたいからしている。

そうであれと教えられて聖女になった私と、そうであろうとして勇者に選ばれたユリウスでは、似ているようで違う。

だから、次に抱いた感情は強烈な憧《あこが》れだった。

偽物が本物に抱く憧れ。

ユリウスとともにいれば、私の偽物の正義感も、いつか本物になるかもしれない。

そうであれば嬉《うれ》しい。

と、言っても、日々はそんなことを考えている暇もなく過ぎていったけれど。

ユリウスとともに戦いに明け暮れる日々は、忙しくも充実していた。

それは、ユリウスの戦いがいつも正しかったから。

ユリウスは自分の信じる正義のためにいつでも戦っている。

時に思い悩みながらも、いつでも自分のできる最善を尽くそうと全速力で駆け抜けている。

それについていくだけで私は目が回るような忙しさだった。
でも、人々のために、ユリウスのためになっているのだと思うと、充足感があった。
そうして、憧れはいつの間にか恋心に変わっていた。
いつからそうなのか、自分でも自覚はない。
劇的な何かがあったわけではなく、気がついたら私はユリウスに恋をしていた。
ずっとこの人の隣で、ともに歩んでいきたい。
そう思っていた。
だからね、私、知ってるのよ？
ユリウスが、誰《だれ》とも結婚する気がないってこと。
私の気持ちを知っていながら、それに応《こた》える気がないってこと。
酷い人だと思う。
その気にさせといて応える気がないなんて、最低の女たらしだと思う。
でも、嫌いになれない。
私の気持ちに応えないのが、ユリウスなりの優しさだって知ってるから。
ユリウスはいつも、自分の弱さを嘆いていた。
もっと力があれば救えたかもしれない命がある、って。
そして力がないから、いつか自分は無茶をして命を落とすだろうって。
その時、もしユリウスが結婚していたら、その相手を悲しませることになるから。
だから、誰とも結婚しないんですって。

ユリウスらしいって思う。

普通、そんな考え方しない。

そこにはユリウス自身の幸福が一切含まれていないんだもの。

ユリウスは正しく勇者でありすぎるのが欠点だと、私は思う。

人々の希望。人々を幸福に導く使者。そのために傷つきながら戦い続ける、勇者様。

ユリウス自身の幸せなんて、二の次。

自己犠牲の塊。

だから、真っ先に死ぬのは自分だと思ってる。

でも、ああ、でも。

ねえ、ユリウス、知ってた？

あなたに生きてほしいって願う人々が、あなたに幸せになってほしいって願う人々が、たくさんいること。

あなたが誰かの幸せを願うように、私たちがあなたの幸せを願ってること。

だから、あなたには生きていてほしい。


ユリウスの腕を引っ張って、後ろに突き飛ばす。

その時のユリウスの顔は、驚きに染まっていた。

私は、どんな表情をしているだろう。

美人でも何でもない私だけど、最期くらい、飛び切りの表情で迎えたい。

うまく笑えていればいいな。
クイーンタラテクトの巨大な足が、頭上から迫っていた。

ユリウス、生きて。
幸せになって。
ああ、でも。
そう願う傍ら、いつまでも私のことが心の傷になって、ユリウスに残ればいいなんて。
そう思う私は、酷《ひど》い女。
恋とは落ちるもので、落ちるというのは本人の意思ではどうしようもないこと。
落ちていく、どこまでも。
でも、私は、あなたに恋をしたこと、後悔していないわ。

ユリウス

出会いがあれば、別れもある。

僕の最初の別れは、母上だった。

もともと体の強い人ではなかったけれど、シュンを産んでから体調を崩し、そのまま儚《はかな》くなられた。

正妃が手を下したのでは？

そんな噂《うわさ》もあるけれど、あの正妃がそのような杜撰《ずさん》なことをするはずがないと思っている。

正妃は立場上僕にとって味方とは言い難い人だけれど、そういう点では信用できる。

あの人は良くも悪くも国にとっての歯車だ。

国にとって益にならないことはしないはずだ。

……正直な話、母上の死の真相なんてどうでもいいんだ。

ただ、誰も恨みたくなかった。

母上が亡くなって、ただただ悲しくて、その悲しみを誰かへの恨みに変えたくなかった。

噂の的になっている正妃。

そして、母上の命と引き換えにして生まれてきたような、シュン。

どちらも恨みたくなかった。

特にシュンは、恨んでしまえば母上の生きた証《あかし》を否定してしまいそうで、怖かったのを覚えている。

個人的な感情で誰かを恨むなんて、勇者らしくない。

母上が誇れるような勇者に、そんな感情はふさわしくない。

そう自分に言い聞かせ、僕は誰も恨まずに、ただひたすら母上の死を悲しむだけにとどめた。

でも、一つだけ、恨みがあるとすれば、それは自分の力のなさに対してだろうか。

もっと僕に力があれば、母上を助けることができたんじゃないかと。

そしてその思いは、ずっと続いていく。

人身売買組織によって家族を失った人々を見て。

魔物に肉親を殺された人々を見て。

ティーバさんの亡骸《なきがら》が納められた棺を見て。

『人は生き、いつか死ぬ。それは変えられん。死に方を選ぶこともできん。じゃがな、生き方を選ぶことはできる。大切なことはどう死んだかではない。どう生きたかじゃ。死者に対して何かができるのではないか、できたのではないかと思うのは、生者のエゴじゃ。生者はただ死者の死を悼み、その生き様を想《おも》うだけでよいのじゃ』

僕の師匠、ロナント様はそう語った。

僕はいつも、自分の力がもっとあればと考えてしまう。

そのたびに、師匠のこの言葉が思い出される。

人はいつか必ず死ぬ。

それは、必ず別れが訪れるということ。

それは避けようのないことで、師匠は僕よりもずっと多くの別れを経験してきたんだろう。

だからこそ、その時を後悔なく迎えられるよう、いつでも全力で生きろと、そういう意味だったのだと思う。

でも、僕は全力で生きるからこそ、目の前で誰かが死ぬのを見たくないんです。

この手が届く限り、救いたい。

手が届かなくても、無理してでも届かせる。

その結果、僕自身が傷つくことになったとしても。

それが僕の生き方だと、そう思うんです。

それを聞けば、きっと師匠は怒るだろう。

でも、僕はやっぱりこの生き方を変えることはできないから。

師匠、僕はきっと早死にする。

『よし、師匠命令じゃ。儂《わし》よりも早く死ぬことは許さん。よいか？　儂が死んだら今日以上に泣いて儂の棺に縋《すが》るがいい』

師匠、その命令は、聞けないかもしれません。

だから、その時は、師匠が代わりに僕の棺に向けて罵倒《ばとう》をしてください。

「この馬鹿弟子が」ってね。

そうだ、僕は自分が死ぬ覚悟はできていた。

でも、でも、僕は他の誰かを死なせたくなかった。

だから、まずは僕だと、そう決めていた。

そう、決めていたのに……。

目の前で、ヤーナの姿がクイーンタラテクトの足に隠れ、見えなくなる。
今、目の前で起きた出来事が、現実として処理できない。
さっきまですぐそばにいたヤーナ。
さっきまで僕の腕を掴《つか》んでいたヤーナの温《ぬく》もりがまだ残っている。
でも、だが、しかし。
今、僕の目にヤーナの姿は映っていない。
消えてしまった。
さっきまでそこにいたのに。
そこに、いたのに……。
そして、クイーンタラテクトの足が目に入る。
その下に、ヤーナが……。
「助けないと」
自分自身の呟《つぶや》きで、はっとする。
そうだ。
僕は何を呆《ほう》けていたんだ。
すぐにヤーナを助けないと。
大丈夫だ。まだ間に合う。

きっと、きっと、きっと！

よろよろとクイーンタラテクトに向かって歩み寄ろうとする。

「何をぼさっとしてる！」

その僕の手を後ろに引っ張る誰か。

頭を押さえつけられ、強制的に押し倒される。

その僕の頭上を、クイーンタラテクトの足が通過していった。

足による薙《な》ぎ払《はら》い。

いくらステータスに優れる勇者である僕でも、直撃すれば死にかねない一撃。

命拾いしたのだと頭が理解し、ようやく少し冷静さが戻ってくる。

「ハイリンス？」

「おう！　ようやくお目覚めか⁉」

僕を押し倒したのはハイリンスだった。

僕と同じように身を伏せ、クイーンタラテクトの一撃をやり過ごしていた。

その額からは血を流しており、息も荒い。

自慢の盾がひしゃげて原形をとどめていない。

見れば、左手は歪《いびつ》な方向にねじ曲がっていた。

さっき、ハイリンスは僕らを逃がそうとしてクイーンタラテクトの前に立ちふさがり、その一撃を受けている。

ハイリンスは盾でそれを防いだようだけれど、それでも尋常ではないダメージを受けたようだ。

「ハイリンス⁉　腕が⁉」

「今はそんなこと言ってる場合か！　さっさと逃げるぞ！」

ハイリンスは砕けていない右手一本で立ち上がり、すぐに僕の襟首をつかんで立ち上がらせる。

「待ってくれ！　ヤーナを助けないと！」

「⁉」

僕がその場に踏みとどまろうとすると、ハイリンスは泣きそうに顔を歪《ゆが》ませた。

「ヤーナはもう死んでる！」

そして、言い放った。

その決定的な一言を。

世界の時が止まったかのようだった。

わかっていたはずだ。

認めたくないだけで。

ヤーナは、もう、死んでいる。

クイーンタラテクトに、踏《ふ》み潰《つぶ》されて、死んだ。

「体を張ったヤーナのためにもお前は生き残らなきゃならない！」

ハイリンスが僕の肩を掴み、引っ張る。

そのまま僕と一緒に、後ろに倒れこむようにして飛び退る。

さっきまで僕らがいた場所に、クイーンタラテクトの足が振り下ろされていた。

ヤーナを踏み潰したのと、同じ足が。

瞬間、僕の中で何かが切れた。

「ユリウス！　立てるか！」

「ああ」

自分の口から、自分のものとは思えない冷えた声が漏れる。

「ユリウス？」

「ハイリンス、先に行っててくれ」

「お前、何を言って……」

「僕は、こいつを殺さなきゃならない」

僕の気迫に、ハイリンスが息をのむ。

立ち上がり、剣を構える。

「ユリウス！　無茶だ！」

ハイリンスが制止するが、関係ない。

個人的な感情で誰かを恨むなんて、勇者らしくない。

だけど、これは、ここからは、勇者としての戦いではなく、ユリウス・ザガン・アナレイト個人としての戦い！

ハイリンスを後ろに突き飛ばす。

直後、横薙《よこな》ぎに振るわれたクイーンタラテクトの足を、僕はかがんで避ける。

クイーンタラテクトは巨大だ。

そして、巨大であるがゆえにその攻撃は大雑把な動きとなる。

その動きの速さは尋常ではないけれど、来るとわかっていれば避けようはある！

「ユリウス！」

背後でハイリンスが叫ぶ声が聞こえたけれど、僕は振り返らずに前に進む。

空間機動を使い、空中を駆け上がり、そのままクイーンタラテクトの懐に飛び込んでいく。

狙《ねら》うのは、足の付け根。

関節の継ぎ目。

外骨格はおそらく僕の力では傷一つ付けられないほど硬い。

だけど、関節の継ぎ目ならば！

ギイィィン！

しかし、無情にも僕の剣は弾かれてしまう。

外骨格どころか、弱そうな関節の継ぎ目にすら、傷一つ付けられないのか。

なんて、なんて弱い！

僕は！

自分の力のなさに憤る。

だが、その暇もなく、クイーンタラテクトの胴体が降ってくる。

こいつ！　僕のことを胴体で押し潰す気か！

クイーンタラテクトの巨体ならばそれが容易にできてしまう。

巨体であるがゆえにその攻撃面積は広く、避けることができない！

迫りくるクイーンタラテクトの体を避けることはできず、押され、そして地面と挟み撃ちにされる。

しかし、直前で僕は土魔法を使い、地面との間に僕一人分が逃れられる空洞を作っておいた。

そこに体を滑り込ませ、衝撃を逃す。

クイーンタラテクトは僕を押し潰せたと勘違いしたのか、すぐに体を持ち上げた。

その隙に地面から這《は》い出し、逃れる。

やはり、強い。

わかっていたことだけど、神話級は伊達《だて》ではない。

迷宮の悪夢しかり、不死鳥しかり。

僕がこれまでに出会った神話級の魔物は、強大だった。

そしてこのクイーンタラテクトも。

ここまでの戦いで、クイーンタラテクトの強さは嫌というほど実感した。

クイーンタラテクトの強みは、単純なステータスの高さ。

巨体から繰り出される足の攻撃は単純であるけれど、それだけで必殺の武器となるほどの威力がある。

そして、こちらの攻撃をものともしない防御力の高さ。

単純だが、それゆえに攻略法も限られてしまう。

すなわち、相手の防御を貫く攻撃力が、絶対条件。

それがどれほど困難なことか、勇者である僕の一撃が通用しない時点で推し量れる。

だが、ここで引くことはできない。

引きたくない！

ああ、わかっている。

ヤーナが死んだのは、僕のせいだ。

僕が逃げるわけにはいかないと、そう言い張ったがために、ヤーナは僕をかばって死んだ。

僕の意地が、勇者としての義務感が、彼女を、殺したんだ！

僕が弱いせいで、僕の力が足りないせいで！

ヤーナの想《おも》いを無碍《むげ》にしないためには、きっと逃げるのが正解だ。

でも、それじゃあ僕は僕自身を許せない。

僕は恨む。

力のない僕自身を。

そして、ヤーナを殺した、このクイーンタラテクトを！

『使うか？』

その時、頭に直接声が響いた。

声につられて、腰に佩《は》いたもう一本の剣に眼《め》を向ける。

声の主はその剣に宿っている龍、光龍ビャクのものだった。

そしてその剣の正体は、勇者剣。

たった一度だけ、どんな相手であろうとも倒すことができる力を持つという、勇者にしか扱えない剣だという。

ビャクはその剣を使うかと聞いてきている。

「……使わない」

正直、その提案に心惹《こころひ》かれなかったかと言えば、嘘《うそ》になる。

クイーンタラテクトは恐ろしい魔物だ。

まともにやって勝つのは難しい。

しかし、どんな相手でも倒せるという勇者剣を使えば、倒すことはできるかもしれない。

この勇者剣を手に入れたとき、僕はビャクにこの剣を使わないと語った。

それは、何か一つ、誰か一人をこの剣を使って倒したところで、自分の力ではない力でそれを為し遂げたところで、真の平和を掴み取ることはできないのだと思ったからだ。

その考えは今でも変わらない。

真の平和は、その時を生きる人々が不断の努力によって築き上げていくものだと信じている。

でも、僕が今この時、勇者剣を使わない理由はそれではない。

「今使ってしまえば、魔王に使えないじゃないか」

このクイーンタラテクトは、魔王がここに送り込んできたものだろう。

ブロウと名乗ったさっきの魔族の将は、魔王のせいで魔族は戦いに駆り出されていると言った。

そうしなければ滅ぼされるからだとも。

なるほど。

クイーンタラテクトを従えるほどの力を持った相手ならば、従わないわけにはいかない。

つまり、魔王こそが、全《すべ》ての元凶！

ならば、この勇者剣を使う相手は、魔王以外ありえない。

「偉そうなことを言っておいてなんだけど、僕は勇者剣を使わせてもらう。魔王に対して」

僕は恨む。

力のない自分自身を。

ヤーナを殺したクイーンタラテクトを。

そして何よりも！　そのクイーンタラテクトをけしかけてきた魔王を！

たった一度使ってしまえば力を失ってしまうという勇者剣。

僕ではきっと、クイーンタラテクトを従えるような魔王には、勝てない。

勇者剣の力に頼らなければ。

僕は、弱い。

何かを為《な》すには、僕の力はあまりにも弱すぎる。

好きな女の子一人守れないほど……。

情けないけれど、だからこそその時は頼ろう。

「その時が来たら、力を貸してくれ！」

『……汝《なんじ》が求めるならば、そうしよう』

「ありがとう」

『礼などいらん。しかし、ではこれはどうするつもりだ？』

目の前には、クイーンタラテクトの威容。

「勝つさ」

正直、勝てる要素はまるでない。

それでも、勝つ。
「負けたら、その時はあの世でヤーナに謝り倒すさ」
それはそれでいいかもしれない。
勝っても負けても、悔いは残さない。
そう決めれば、どこかすっきりとした。
だが、負ける気はさらさらない。
ヤーナの仇《かたき》を討つ。
それがヤーナの望んでいないことだとしても。
他ならない僕自身がそうしたいから、戦う！
勇者としてではなく、ユリウス・ザガン・アナレイト個人としての戦い。
「行くぞ！」
魔法を構築！
小手先の技は通用しない。
僕の持てる力の全てをぶつける！
聖光魔法、聖光線。
光線がクイーンタラテクトに直撃する。
クイーンタラテクトの巨体は強大な武器になる半面、巨大な的にもなる。
しかし、そのデメリットをものともしない防御力。
聖光線が直撃してなお、クイーンタラテクトの体に傷一つなし。

予想できたことだ。
この程度で怯《ひる》んではいられない！
ぎょろりと、クイーンタラテクトの八つの目が僕を見据える。
直後、足の一本が消えた。
実際に足が消えたわけじゃない。
ただ、そうと錯覚するほどのスピードで足が振るわれたんだ。
「ぐうっ！」
咄嗟《とっさ》に横に飛んで、直撃は避けた。
それでもすぐ近くで大爆発が起きたかのような衝撃が体を襲う。
しかし、その衝撃にひるんでいる暇はない。
別の足が消える。
あんな巨大なものでありながら、目で追うことはできない。
勘に頼り、とにかく体を動かす。
風が通り抜ける。
それがクイーンタラテクトの足が振るわれたせいで巻き起こったものだとわかる。
とにかく足を動かして逃げ回る。
一瞬後には踏《ふ》み潰《つぶ》されてしまっているのではないかという恐怖と戦いながら。
だけど、逃げ回ってばかりじゃ勝ち目はない。
足を動かしながら魔法の構築も進めていく。

そして、聖光線を放つ。

狙《ねら》うのは、その目！

眼球はどんな生物だろうと弱点の一つ。

クイーンタラテクトが規格外の防御力を有しているとはいえ、目が弱点なことには変わりないはずだ。

その考えを証明するように、それまでこちらの攻撃など気にも留めなかったクイーンタラテクトが、初めて回避行動をとった。

目に向かう聖光線を避けたのだ。

それはつまり、聖光線が目に直撃すれば、クイーンタラテクトでも傷を負うということだ。

しかし、それと同時に、クイーンタラテクトは聖光線を避けられることが証明されてしまった。

聖光線は発射から着弾まで、ほとんど時間差がない。

それほどのスピードだというのに、外れた。

聖光線は構築に時間がかかり、その予備動作で読まれやすい魔法ではある。

でも、今、クイーンタラテクトは僕が聖光線を発射してから、回避した。

つまり、奴《やつ》は聖光線と同じかそれ以上の速度で動けるということ。

今までクイーンタラテクトが僕の攻撃を避けなかったのは、避けられなかったからじゃない。

避ける必要がなかったから避けていなかっただけなんだ。

僕がクイーンタラテクトにダメージを与えるには、奴の動きを止めてからその目に渾身《こんしん》の一撃を叩《たた》き込《こ》むしかない。

……この巨体の、動きを止める？

そんなこと、できるのか？

駄目だ！　弱気になるな！

勝ち目が薄いことなんて百も承知だっただろう！

クイーンタラテクトだって生物だ。

無敵でも不死身でもない。

ならば、倒せる。

倒してみせる！

クイーンタラテクトの八つの目がこちらを向く。

その目には今までなかった、感情が見て取れた。

苛立《いらだ》ちだ。

さっきまでの何の感情も感じられない、作業のように僕の相手をしていた時とは違う。

どうやら、ここからが本当の闘いのようだ。

そう気を引き締めた瞬間、僕は吹き飛んでいた。

「ぐはっ⁉」

口から血が吐き出される。

今、何が起きたのか、全く理解できなかった。

さっきまでの攻撃も恐ろしいものばかりだったけど、何をされたのか理解すらできないなんてことはなかった。

つまり、さっきまでは手を抜いていたってことか？

なんのために？

考えがまとまらない中、クイーンタラテクトがゆっくりと歩きだす。

まるで己の姿を見せつけるように、ことさらゆっくりと。

「くっ！」

急いで立ち上がる。

その僕に向けて、クイーンタラテクトがゆっくりと、大きく足を持ち上げる。

それはまるで、絶望を見せつけるかのように。

実際、僕はもうこれまでかという気にさせられた。

ちらりと腰の勇者剣に視線を向け、使ってしまおうかという誘惑にかられたほどに。

あの足が振り下ろされた時、僕は死ぬという確信があった。

しかし、そうはならなかった。

クイーンタラテクトの体に、無数の魔法が直撃した。

「え？」

いったい誰《だれ》が⁉

魔法の飛んできたほうを見れば、そこには多くの兵士が騎馬を駆けてこちらに向かってきていた。

それは、クソリオン砦《とりで》にいた兵士たちだった。

「なんで？」

逃げろと言ったはずなのに……。

「勇者様を守れー！」

「援護するんだ！」

「なんでもいい！　とにかく撃て撃て！」

騎馬を駆けさせながら、魔法を放つ兵たち。

クイーンタラテクトにそんなものは通用しない。

しかし、煩わしさからか、僕に向かって振り上げていた足は下ろされていた。

「勇者様一人に押し付けて何が兵士だ！」

「俺の子供は勇者様に救ってもらったんだ！　今その恩返さなくていつ返す！」

「人族の底力見せてやる！」

恐怖を紛らわせるためか、各々叫びながらの突進。

「みんな、お前のために駆け付けたんだよ」

「ハイリンス⁉」

いつの間にか、隣にハイリンスが立っていた。

「なんで、逃げたんじゃ？」

「バーカ！　お前を置いて逃げられるか！」

ハイリンスが砕けた左手で僕の頭を小突く。

「みんなそうさ。お前を置いて逃げるなんてできなかった。お前は、みんなに生きててほしいって願われてるのさ。ヤーナにもな」

「……」

そんなことを言われたら、僕はどうしたらいいのかわからなくなるじゃないか。

だって、これは僕の我儘《わがまま》だ。

勇者としてじゃない、僕個人の戦いだ。

「僕の我儘に、みんなをつきあわせるわけには……」

「いいんだよ。たまには。お前はいつだって自分のこと後回しにしてきたんだから。こういう時くらい我儘言ったって許されるだろ」

生死のかかった戦いに多くの人を引っ張り出すことになったにもかかわらず、ハイリンスはそれでいいと言う。

「勝つんだろ?」

「……うん」

「だったら勇者らしくバシッと決めろ！」

「うん！」

クイーンタラテクトが、僕らのやり取りが終わるのを待っていたかのように動き出す。

駆けつける兵士たちに向けて。

クイーンタラテクトの口が開く。

それはブレスの前兆。

「まずい！」

クソリオン砦を吹き飛ばした、あのブレスだ！

僕はクイーンタラテクトと兵士たちの間に割り込む。

「ユリウス⁉」

魔法を構築。

『いいかユリウス。魔法をただ使うだけならスキルがあればそれで十分じゃ。じゃが、真に魔法を使いこなしたいのであれば、それだけではいかん。普段自分がどのようにして魔法を発動しているのか。それを意識して、どうすればより強く、より早く、より正確に、魔法を発動させることができるのか。それを考えよ』

師匠はそう言った。

だから僕は意識する。

魔法を、どうやって使えばいいのか、その魔法に何を求めるのか。

今求めるものは、みんなを守れる頑丈な盾！

『受け流しです』

在りし日のティーバさんとのやり取りを思い出す。

『相手の力が強すぎるとき、真正面から受け止めるだけが戦法ではありません。時にはその力を受け流し、隙を作ることも重要です』

こういうことですよね、ティーバさん！

僕は魔法で作り出した光の盾を斜めに掲げる。

そして放たれるクイーンタラテクトのブレス。

それを、僕は光の盾で受け流す。

「ぐ、ううう！」

すさまじい衝撃。

受け流そうにも、そうさせてもらえない威力。

このままじゃ、押し切られる！

『一人でできない？　ならみんなでやればいいだろ？　一人でできないことだって、仲間と一緒ならできる。今回だってそうだ。ユリウス一人じゃどうにもならなかったかもしれんが、俺たちがいた。だからこうして生きて帰ってこれてる。隣に並んで一緒に戦ってくれる仲間がいるんだ。もっと頼れよ』

「ハイリンス！」

そう言ってくれた親友の名を呼ぶ。

「おう！」

ハイリンスが、僕の体を支える。

片手が砕け、ハイリンスも辛いだろうに、それを感じさせない力強さで。

「おおおおおおおおお！」

ハイリンスに支えられながら、ブレスを弾く。

軌道のそれたブレスは、空のかなたに消えていった。

クイーンタラテクトが、初めて動揺したかのように怯む。

「今だあぁぁ！」

そこに突撃する兵士たち。

騎馬による突進。

クイーンタラテクトの防御力からすれば、それは何の痛痒《つうよう》も与えないものだったろう。

しかし、わずかな怯《ひる》みの隙に叩き込まれた、何十という騎馬による突進は、ダメージこそ与えられなくとも、その足をすくうには十分だった。

クイーンタラテクトがたたらを踏む。

それは、わずかな、しかし確実な隙。

「行け！」

「ああ！」

ハイリンスに背中を押され、その勢いのまま飛び出す。

空間機動で宙を蹴《け》り、剣に聖光をまとわせる。

クイーンタラテクトの八つの目が僕を睨《にら》む。

そのうちの一つに、僕は渾身の力を込めて、剣を叩き付けた！

「！！！！！！！！！！！！！！！！！！！！！！！！」

クイーンタラテクトの悲鳴が空気を揺るがす。

ついに、あのクイーンタラテクトに傷を負わせることに成功した！

できたのは目を一つ潰《つぶ》しただけ。

しかし、それで十分！

『道具は使ってなんぼでやす。出し惜しみして死んじゃ、元も子もねーでやすよ』

『武器もまたそいつの力だ。それで勝って何が悪い？』

ホーキンとジスカンの言葉が蘇《よみがえ》る。

そうだ、今こそ使う時！
僕は腰に手を伸ばす。
そして鞘《さや》からそれを抜き放つ。
勇者剣、ではない。
それは短刀。
炸裂《さくれつ》剣と呼ばれる、魔剣。
師匠から譲り受けた十本の魔剣、その内の最後の一振り！
勇者剣と同じように、一回使いきりの魔剣。
それを、クイーンタラテクトの傷ついた目、その内側にねじ込む。
「はああ！」
さらに、それを押し込むようにして聖光線を放つ！
炸裂。
そして、一瞬の静寂。
「倒れる⁉」
クイーンタラテクトの巨体が、ゆっくりと傾く。
僕は急いで離れる。
直後、クイーンタラテクトの巨体が激しい振動をまき散らしながら、地面に倒れた。
「……倒した、のか？」
ハイリンスが信じられないといった面持ちで呟《つぶや》く。

僕は、ゆっくりと剣を天に掲げた。

「う、うおおおおおおおおおおおお！」

誰《だれ》からともなく、雄たけびが上がる。

僕はそれを受け止めるようにして、剣を掲げ続ける。

まだ、泣くな！

人の目があるうちは、勇者らしくあれ。

後で、一人になった時に、思いっきり泣こう。

でも、叫ぶくらいは許してほしい。

「あああああああああああああああああああああ！」

やったよ、ヤーナ。


人々がクイーンタラテクト討伐に沸き立つ中、ハイリンスがそそくさと歩いていく。

その姿を見つけた僕は、黙ってその後ろについていった。

そして、ハイリンスの足が止まる。

僕もそこに行こうとして、

「来んな！」

ハイリンスの怒声に阻まれた。

「ハイリンス、そこに、いるのか？」

「ああ……」

「じゃあ……」

「来るな！　ユリウス、お前は来るな！」

そこにいる。

だというのに、ハイリンスは来るなと言う。

「頼む。来ないでくれ。お前は、見ないでくれ。ヤーナも、お前には見られたくないはずだ……」

ハイリンスの声には、こらえきれない嗚咽《おえつ》が混じっていた。

でも、ハイリンスの背に隠れて見えないそこに、ヤーナがいる。

ハイリンスは、僕に見ないでくれと言う。

そこから、ヤーナの状態がどういうものなのか、想像できてしまう。

そして、僕はハイリンスの言葉を押しのけて、それを見に行くことができない。

見る、勇気が、ない。

……何が、勇者。

好きな女の子一人守れないで、何が！

こみあげてきた涙を無理やり押し込める。

まだだ。

まだ、泣く時じゃない。

「っ⁉　ユリウス⁉」

ハイリンスの警告に反応して、僕は襲い掛かってきた刃をすんでのところで弾き返すことができた。

「ちっ！」
舌打ちがすぐ近くから聞こえる。
咄嗟《とっさ》に舌打ちの主へと剣を振りぬく。
甲高い金属音が鳴り響き、僕の剣と相手の剣が衝突する。
その相手は、さっきまで僕が戦っていた魔族の将、ブロウだった。
ブロウは奇襲が失敗に終わったとみて、すぐに後ろに飛びのく。
「まだやると言うのか⁉」
クイーンタラテクトは死んだ。
クイーンタラテクトは魔族にとっても切り札だったはずだ。
それが倒された今、魔族の士気は落ちているはず。
だというのにまだやるというのか。
見れば、魔族がこの場に集まってきていた。
その目にはまだ闘志がある。
そして、騒ぎを聞きつけた人族の兵たちもまた、集まってくる。
「引け。今はもう、戦いたくない」
僕はブロウに退却を促す。
さっきの戦いで僕には勝てないとわかっているはずだ。
奇襲が失敗した今、ブロウに勝ち目はない。
僕も今は、これ以上戦いたくない。

「頼む。これ以上、僕に私怨《しえん》で戦わせないでくれ」

今戦えば、僕はこの恨みを魔族にぶつけてしまう。

彼らも魔王の被害者なのかもしれない。

だからこそ、私怨で戦いたくはなかった。

「今だからこそだ！」

ブロウはそんな僕の想《おも》いなど知らないとばかりに、剣を構える。

「勇者！　あんたはすげーよ！　それは認める！　だが、駄目だ！　眷属《けんぞく》ごときにそんなボロボロになって苦戦するようじゃ、魔王には勝てない！」

ブロウは人族語を取り繕うこともできなくなっているのか、魔族語で喚《わめ》き散らす。

「勝てねーんだ！」

その言葉からは苦渋がにじみ出ていた。

「魔族のため、あんたにはここで死んでもらう！」

そして、ブロウは切りかかってくる。

彼にも譲れない想いがあるんだろう。

だが、それはこちらも同じなんだ！

ヤーナが繋《つな》いでくれたこの命、ここで落とすわけにはいかないんだ！

切りかかってきたブロウの剣を弾き、返す刃でその体を切り裂く。

ブロウが血をまき散らしながら倒れる。

「ちく、しょ、う。あ、に」

途切れ途切れの言葉は魔族語で話されていた。

けど、僕にはその意味がなんとなくわかってしまった。

苦い気持ちが湧《わ》き起こる。

けど、向かってきた敵に情けは無用だ。

事切れたブロウの死体から目を離し、残りの魔族たちに視線を向ける。

「改めて言う。引け！」

残った魔族たちに勧告する。

これでもまだ向かってくるというのならば、その時は……！

その時、魔族の中から、一人の少女が歩み出てきた。

ぞっとするほど、白い少女だった。

『よいか？　人は弱い。どうしようもなく弱い。大概の人は儂《わし》よりも弱い。じゃから、大概の人は儂を見て強いと言う。じゃがな、儂も人なのだよ。人という括《くく》りでは強いという、ただそれだけのことなんじゃ』

唐突に、かつて師匠が言った言葉が思い出される。

『真の強者《つわもの》には、人の力など微々たるものよ』

僕はそれを実感したことがある。

かつて、迷宮の悪夢と言われ、恐れられた魔物をこの目でじかに見たその時に。

なぜか、その時の恐怖が蘇る。

そして、少女の閉じられていた目が開かれ……。

持ち主を失ったマフラーが、地に落ちた。

白2

「……」

その場には重苦しい空気が満ちていた。

魔王の表情は優れない。

バルトは席を外している。

バルトにはもう、ブロウの死を告げている。

少し一人になりたいと言って、バルトは出ていった。

この場に残っているのは私と魔王、そしてギュリギュリこと黒。

第九軍の軍団長に収まった謎の男、コードネーム黒とはこのギュリギュリのことである。

なんて茶化す空気でもないんだよなー。

重苦しい空気は、この黒から放たれている。

「……私に文句を言う資格はない」

重々しく、黒が口を開く。

「だが、今は、少し、席を外させてもらおう」

そう言って黒は出ていく。

まあ、しょうがない。

黒にもいろいろと思うところがあるだろう。

魔王は黒が出ていくのを見送って、これまた重々しい溜息《ためいき》を吐いた。

「……何事もうまくいかないもんだね」

「……うん」

今回の戦争、はっきり言えば大失敗である。

私たちの掲げたいくつかの目標のうち、達成できたのは少ない。

「軍団長の戦死者は、ヒュウイ、ブロウ、アーグナーか」

魔王が軍団長の戦死者の名前を挙げる。

うち、ショタのヒュウイはまあどうでもいいとして、アーグナーを死なせてしまったのは惜しい。

あれはいろいろと有能だったし。

それにブロウも。

うざったい奴《やつ》だったけど、嫌いではなかった。

「……白ちゃんさー。なんでアーグナーとブロウの二人、回収しなかったの？」

魔王が疑問に思うのも当然。

私はやろうと思えばあの二人を回収して撤収することができた。

見ようによっては私があの二人を見殺しにしたようにも見える。

「信念」

「んへ？」

「だから信念。アーグナーもブロウも、命を懸けて戦った。死ぬ覚悟で。それを邪魔するのは無粋だった」

アーグナーもブロウも、死ぬとわかって、それでも戦い抜いた。

その信念を汚すような真似《まね》は、私にはできなかった。

アラバの最期と二人の信念が重なって見えて、私には手を出すのが躊躇《ためら》われた。

「そっか」

魔王はそれ以上追及してくることはなかった。

ヒュウイは事故死みたいなものだったけど、アーグナーとブロウの二人については死なせるつもりもなかったし、死なせないこともできた。

でもそうしなかった。

二人の死は誤算の一つだ。

ただ、最大の誤算ではない。

「まさか、勇者がクイーンに勝つとは思わなかった」

「……だね」

最大の誤算は勇者がクイーンに勝ったこと。

イヤ、勝つのは問題じゃない。

そもそもあれは勇者に勝ってもらうために出したものだし。

勇者剣を使って。

「まさか勇者剣を使わずに自力で勝つなんて。戦力比から考えれば奇跡じゃない？」

「んだんだ」

魔王が愚痴を吐いてしまうのも仕方がない。

どう頑張ったところで勇者がクイーンに勝てる見込みなんてなかった。
勝つためには、勇者剣を使うしかなかった、はずなのだ。
勇者剣は危険だ。
なんせあのDが残した、神さえ屠《ほふ》るという神剣。
一回使いきりとはいえ、そんな危険物が残ってるのは危ない。
それが今代の勇者の手に渡ったと知って、私はそれを無駄打ちさせることにした。
その相手が、あのクイーンだ。
あのクイーンだったら倒されてもなんの問題もない。
なんだったら勇者剣から放たれるエネルギーを回収するくらいのつもりでいた。
それがまさかの使わずじまい。
誤算も誤算、大誤算。
「まあ、失ったものはないし、いいっちゃいいんだけどね」
私はそう口にする。
「クイーンならまた作ればいいんだし。正確にはクイーンもどきだけど」
あれは本物のクイーンタラテクトじゃない。
私の分体だ。
この数年の修行の成果により、私の分体はあそこまで進化したのだ！
えっへん！
強さも本物には多少劣るけど、勇者を軽くひねるくらいわけない程度には強い。

はずだったんだけどなー。

いくら勇者剣使ってもらうために手を抜いていたとはいえ、倒されちゃうなんてなー。

ないわー。

「で？　さらにシステムへの干渉も失敗だって？」

うぐっ！

それに関しては私のミスというか、力不足というか。

今回、勇者を殺した時、同時にシステムへの干渉を行い、勇者という存在そのものを消すことにしていた。

つまり、勇者という称号の廃止。

勇者の称号は魔王の称号への特効効果がある。

魔王はどうあがいても勇者には勝てないよう設計されているのだ。

そんな邪魔くさい勇者という存在を消し去るためにシステムへの干渉を試みたんだけど、失敗に終わった。

ただこれに関しては言い訳もあって、でも魔王にその言い訳をするわけにもいかず……。

とりあえず私のミスってことにして胸の内にしまっておこうと思う。

「ってことは、どっかでもう新しい勇者が生まれてるってことだよね？」

魔王が盛大な溜息を吐《つ》く。

勇者の称号は受け継がれていく。

勇者が死ねば、世界にいる別の誰かが勇者となる。

だから、勇者を殺してもあんま意味がない。

誰《だれ》になろうが厄介なのは勇者が魔王を倒せるっていう一点だけだからね。

まあ、でも、心配する必要はないと思う。

「どうせあれ以上の勇者が生まれることはないし。絶対」

私が断言すると、魔王は「ほへー」と間抜け面を晒《さら》した。

なんだその顔は？

「白ちゃん、ずいぶん勇者のこと買ってたんだねー。イケメンには弱いか」

「違うから。そういうのじゃないから」

なんかつい最近同じようなやり取りをした気がするぞ？

「冗談冗談。でも、うん。なんとなくわかるよ。あれはいい勇者だった」

「……うん」

私は分体を通じて、あの勇者のことを見ていた。

なかなかにハードな人生を送り、折れずに勇者やってた。

あれ以上の勇者がポッと出てくるなんて、私には想像できない。

魔王はその勇者がしていたマフラーを手でもてあそぶ。

「白ちゃん、見て見て。これ蜘蛛《くも》糸でできてるんだって」

と、魔王が鑑定でもしたのか、そのマフラーの材質を言い当てる。

「人族の間で高値で取引されたっていうのは知ってたけど、まさか勇者が身につけてるとはねー」

ないわー、と皮肉げに呟《つぶや》く魔王。

マジか。

なんていう偶然。

蜘蛛の魔王に敵対している勇者が、まさかの蜘蛛の糸でできたマフラーを装備していたなんて。

「これ、どうしよっかなー」

どうしたもこうしたもない気がするけど。

と、魔王がなんか邪悪な笑みを浮かべた。

「勇者の弟って、転生者だったよね？　じゃあ、返してあげよう」

そう言って、手に持ったマフラーに魔力を注ぎ込む。

なんか付与してるっぽい。

「うんうん。勇者の弟に魔王の加護のこもったプレゼント。粋だと思わない？」

イヤ、普通に趣味悪いと思うな、うん。

「これを受け取った時、山田《やまだ》くんはどんな顔するかなー？」

楽しそうに笑う魔王だけど、それメッチャ趣味悪いからね？

あー、山田君、かわいそう……。


その山田君が新たな勇者に選ばれていることを、私はその後知ることになる。

後世の歴史家はかく語りき　後編

人魔大戦は魔族の勝利と言われている。

多くの砦《とりで》が魔族の手に落ち、当時の人族の希望であった勇者が討ち取られたためだ。

当時の勇者、ユリウス・ザガン・アナレイトに関しては、彼の弟であるシュレインの手記にて記述が多く残っており、それ以外にも多数の文献にてその名が記されている。

シュレインの手記には彼をたたえる言葉が多く、それゆえ、歴代の中で最も気高い勇者として有名だ。

前述の兵士の手記のあの言葉は、この勇者ユリウスが死した場面を目撃したが故のものなのだと言われている。

人族の希望が失われた大戦。

しかし、後世の歴史を知るものならばご理解いただけるだろう。

この大戦すら、前哨戦《ぜんしょうせん》にすぎなかったのだということを。

動乱の時代。

否、そのような陳腐な言葉では言い表せない、歴史の転換点。

それが差し迫っていた。

あとがき

12時です。お昼です。

違った、12巻です、はい。

どうもこんにちは、馬場翁《ばばおきな》です。

深夜12時にこれを見てる人はこんばんは。

12っていうとなんとなーく終わりを連想します。

時計も12までですし、カレンダー見ても12月が最後ですしね。

でもご安心を！

まだこのシリーズは終わらんよ！

いえね、だってそう言っておかないと、いけない気がしましてね。

というのもこの巻でいくつかの物語が終わりを告げてしまいましたから。

ネタバレになってしまうので多くはここでは語りませんが、彼らの生き様をどう読者の皆様が受け止めるのか。

そして残された人たちがどう引き継いでいくのか。

そんな巻となっております。

まあ、ネタバレも何も結果はすでに前のほうの巻で明かされちゃってるんですが！

そういう意味では結果を知りつつ、彼らの最期をみとる物語でもあるのかなと思います。

しんみり……。

作家さんの中には泣きながら文章書く方もいるそうですが、その気持ちがちょっとわかりました。

泣いてないけど。

え？　そこは泣いとけよって？

しょうがないね。

私、血も涙もない鬼畜だし。

ほら、鬼畜じゃなかったら主人公にあんな難易度の高い大迷宮攻略させないって。

はっはっは。

別のことでは泣きそうになりましたけど。

忙しすぎて泣きそうになりました、はい。

なぜ、そんなに忙しかったのか？

その理由は、こちらだ！

じゃじゃん！


蜘蛛《くも》ですが、なにか？　TVアニメ2020年放送決定！


わーい、ぱちぱちぱち！

長らくお待たせしました。

ついにアニメの放送が2020年と決まりました。

こちらのお仕事していたために忙しかったのです。

でも、そのかいあってようやくここまでこぎつけました！

ふっはー！

ということで、２０２０年放送予定です！

ここまでずいぶん発表を先延ばしにしてきましたが、ようやくです。

全裸待機して待っていた人たちはきっと悟りを開けるくらいになっていることでしょう。

そのくらいお待たせしちゃいました。

が！　お待たせしたからには期待に応えられるものにしようと頑張っております。

いやー。

２０１８年にアニメ化企画発表。

かーらーのー。

２０１９年も終わってしまった２０２０年のこの時。

ついに、ついに！　ついに！！

来てしまいましたよ。

というわけで、放送開始に期待を持ちつつ続報をお待ちください！

で、アニメ放送開始に合わせまして、設定資料集『蜘蛛ですが、なにか？　ＥＸ』の発売も予定しております！

設定資料集定番の登場人物紹介やら、エルロー大迷宮の解説やら、盛り沢山。

さらには店舗特典のＳＳの一部掲載や、書き下ろしＳＳもあります！

アニメを見る前の予習としてお手元にどうぞ。

と、お知らせ盛り沢山でした。

２０２０年は蜘蛛の年になるに違いない。

ここからはお礼を。

今回も素晴らしいイラストをくださった輝竜《きりゅう》司《つかさ》先生。

いつもいつもありがとうございます！

そして登場人物多くてごめんなさい！

私は本文中にキャラクターの容姿をほとんど書かないので、いつも輝竜先生に丸投げしてます。

アニメのキャラデザ監修も「輝竜先生がいいんならいいんじゃないかな」的な丸投げ具合。

本当に申し訳ない！

だがしかし！　これからも頼りに頼りまくる気満々の鬼畜作者がここにいる！

漫画版を手掛けていただいているかかし朝浩《あさひろ》先生。

アニメ制作でも漫画版は大いに参考にさせていただいております！

そして思う。

やっぱかかし先生スゲーわ。

というわけでこれからも頼りにさせていただきます！

スピンオフ漫画を手掛けていただいているグラタン鳥《どり》先生。

ただでさえシュールな蜘蛛主人公という謎原作を、さらに主人公を四体に分裂させてギャグにするというシュール極まりない漫画にするという荒業。

この企画考えた人スゲーな。
そしてそれをやっちゃうグラタン先生スゲーな。
思わず笑っちゃう漫画となっていますので是非読んでみてください。
そして、アニメ制作に携わってくださっている皆様。
２０２０年放送！　待たれよ！
担当W女史はじめ、この本を世に出すためにご協力いただいた全ての方々。
この本を手に取ってくださった全ての方々。
本当にありがとうございます。

お便りはこちらまで

〒102－8177
カドカワBOOKS編集部　気付
馬場翁（様）宛
輝竜司（様）宛

カドカワBOOKS

蜘蛛《くも》ですが、なにか？ 12

2020年1月10日　初版発行
2021年11月5日　7版発行

著者／馬場《ばば》翁《おきな》

発行者／青柳昌行

発行／株式会社KADOKAWA

〒102-8177
東京都千代田区富士見2-13-3
電話／0570-002-301（ナビダイヤル）

編集／カドカワBOOKS編集部

印刷所／暁印刷

製本所／本間製本

Printed in Japan
ISBN 978-4-04-073448-4 C0093

新文芸宣言

かつて「知」と「美」は特権階級の所有物でした。

15世紀、グーテンベルクが発明した活版印刷技術は、特権階級から「知」と「美」を解放し、ルネサンスや宗教改革を導きました。市民革命や産業革命も、大衆に「知」と「美」が広まらなければ起こりえませんでした。人間は、本を読むことにより、自由と平等を獲得していったのです。

21世紀、インターネット技術により、第二の「知」と「美」の解放が起こりました。一部の選ばれた才能を持つ者だけが文章や絵、映像を発表できる時代は終わり、誰もがネット上で自己表現を出来る時代がやってきました。

UGC（ユーザージェネレイテッドコンテンツ）の波は、今世界を席巻しています。UGCから生まれた小説は、一般大衆からの批評を取り込みながら内容を充実させて行きます。受け手と送り手の情報の交換によって、UGCは量的な評価を獲得し、爆発的にその数を増やしているのです。

こうしたUGCから生まれた小説群を、私たちは「新文芸」と名付けました。

新文芸は、インターネットによる新しい「知」と「美」の形です。

2015年10月10日
井上伸一郎